Ernst Woll

Kindheitserlebnisse mit Tieren

- Geschichten -

2015
Herstellung und Verlag: BoD - Books on Demand,
Norderstedt ISBN 9783738618013

Titelbild: So habe ich das Pferd Cäsar (S.43) in Erinnerung

Inhalt

Vorwort

Ich schreibe die Geschichten als heute über 80jähriger, so dass bei der Darstellung meiner Kindheitserlebnisse mit Tieren zwangsläufig Erfahrungen, die ich während meiner bisherigen 65 Erwachsenenjahre sammelte, einfließen.

Ich weiß, dass mir - im übertragenen Sinne - Tierliebe in die Wiege gelegt war, die durch Erziehung und Umwelt weiter unterstützt und gefördert wurde. Meine heutige Meinung: Bei der Liebe zu Tieren spielen bestimmt auch Gene eine nicht unerhebliche Rolle.

Heute sind bei Kindern in der folgenden Rangfolge die beliebtesten Haus- oder Heimtiere:

Haushunde, Hauskatzen, Meerschweinchen, Kaninchen, Mäuse, Hamster, Ziervögel/Wellensittiche, Schildkröten, Fische.

Auch Nutztiere werden heute als Heimtiere gehalten: Ziegen, Schweine, Geflügel.

Während meiner Kindheit kannten wir besonders auf dem Lande als Heimtiere nur Hunde, Katzen, Ziervögel und Fische. Rinder, Schweine, Schafe, Ziegen, Geflügel und Bienen waren Nutztiere.

Eine besondere Stellung nehmen heute Pferde als beliebte Reittiere bei Kindern ein, während sie früher in der Land- und Forstwirtschaft wichtige Zugtiere waren und beim Militär für beides eingesetzt wurden.

Hund Senta wendet sich von mir ab

Erfahrungen im Umgang mit Hunden sammelte ich als Vorschulkind mit einem Boxer. Die Tiere dieser Rasse haben kein schönes Gesicht und einen mürrischen Blick. Sie sind aber sehr gutmütig und vor allem kinderlieb, was leider oft von den Menschen verkannt wird. Sie werden häufig wegen ihres Aussehens als aggressiv eingeschätzt oder leider auch oft in dieser Richtung erzogen.

Ein älteres Ehepaar in unserer Nachbarschaft war sehr kinder- und tierlieb. Mit ihren Hund durfte ich als Kind Umgang pflegen. Ich vermeide bewusst die Bezeichnung spielen, denn die Beschäftigung mit Tieren muss über das bekannte Spielen hinausgehen. Zu berücksichtigen ist das Wesen und Verhalten der Vierbeiner. Es gilt der Grundsatz: Was uns Menschen gefällt muss nicht unbedingt auch das Wohlgefallen der Tiere finden. Die Hündin hieß Senta und hatte ihr Domizil in einem sehr großen tiergerechten Zwinger auf dem Hof. Bei diesem Tier lernte ich erstmals ganz bewusst das grundsätzlich unterschiedliche Verhalten - ausgedrückt im freudigen oder bösartigen Bellen, Knurren, „Fletschen der Zähne" und Schwanzwedeln - gegenüber bekannten, fremden und ihm sympathischen oder auch nicht angenehmen Menschen kennen. Es gibt viele Abhandlungen über das Thema: Woran erkennt man die Aggressivität und Bösartigkeit von Tieren bzw. wann sind sie friedlich und man kann sich ihnen ohne Gefährdung nähern? Nach meinen Erfahrungen gibt es hierzu keine feststehenden Regeln. Ich selbst spürte schon als Kind – und das natürliche Empfinden besitze ich bis heute gegenüber allen Haustieren –: Sie akzeptieren mich oder sie fühlen sich durch mich bedrängt. Nach dieser Wahrnehmung bereitete mir der Umgang mit Tieren schon viel Freude, schützte mich aber auch vor Gefahren. Verständlicher Weise kann ich bei den im Folgenden dargestellten Kindheitserlebnissen besonders die Dialoge nur sinngemäß wiedergeben, inhaltlich treffen sie aber die tatsächlichen Bedingungen.

Eines Tages besucht ich Senta und lernte ein weiteres Phänomen, das ich erst in späteren Jahren richtig zu deuten wusste, kennen. Das Tier verhielt sich mir gegenüber ganz eigenartig, ja sogar ablehnend, obwohl sie mich sonst immer freudig begrüßte. Ich gab mir alle Mühe sie umzustimmen, nahm die Leine in die Hand - das hatte bisher ihre Erwartung auf einen von ihr beliebten Spaziergang geweckt. Sie war dann mit den Schwanz wedelnd auf mich zugekommen um sich anleinen lassen. Nichts half, selbst Leckerlis lehnte Senta ab, sie blieb insgesamt abweisend, wurde aber nicht bösartig sondern knurrte nur. Ihr Besitzer, ein im Umgang mit Hunden erfahrener Mann – ich nannte ihn Onkel Paul -, beobachtete das Ganze auch zunächst ratlos. Er fragte mich: „Was hast du vor dem Besuch bei uns getan und mit wem hast du dich getroffen oder auch unterhalten?" Ich berichtete: „Ich habe nichts anderes gemacht als sonst. Im Garten einige reife Pflaumen, die ich am Baum erreichen konnte, gepflückt und gleich ungewaschen gegessen. Meine Kaninchen gefüttert und unsere Katzen, die um meine Beine strichen, gestreichelt. Anschließend vergaß ich allerdings mir die Hände zu waschen, wie es meine Mutter immer verlangt." Onkel Paul meinte: „All das kann es nicht sein, warum dich Senta plötzlich nicht mehr mag." Da fiel mir ein: „Auf dem Weg hierher habe ich Oswin aus unserer Nachbarschaft getroffen und mich mit ihm unterhalten. Der war wieder betrunken und hat sich sogar eine Weile mit seiner Hand auf meiner Schulter abgestützt, weil er sonst umgefallen wäre." Dem erfahrenem Mann kam sofort ein erleuchtender Gedanke und er sagte: „Das ist doch der Hundeschlächter in unserem Ort, du weißt auch, dass der sogar heimlich Hunde fängt und schlachtet. Das Fleisch verkauft er an arme Leute, um damit den Schnaps, den er in Unmengen trinkt, zu bezahlen. Wahrscheinlich riecht und spürt Senta, dass dich dieser Mann, der ihre Artgenossen tötet, berührte. Hunde haben einen so ausgeprägten Geruchssinn, dass sie selbst kleinste Reste von Duftstoffen wittern. Sie ahnen außerdem in für uns unerklärlicher Weise, wer ihnen oder ihrer Art etwas Böses antut."

Onkel Paul, der gar nicht mein richtiger Onkel war, bin ich bis heute dankbar, dass er mir damals als Kind so vieles über den Umgang mit Hunden beibrachte. Bei einem Problem konnte er mir allerdings auch nicht helfen, Senta gehorchte ihm viel besser als mir. Wenn ich den Hund an der Leine ausführen durfte, wollte ich meinen Freunden gern zeigen und damit prahlen, wie mir das Tier parierte und was ich ihm schon alles beigebracht hatte. Nur das klappte häufig nicht. Meinen Befehlen: Senta sitz! Bei Fuß, hol den Stock oder ähnlichen anerzogenen typischen Dressurregeln, kam sie nur nach, wenn sie Lust dazu hatte. Selbst mein manchmal dann etwas barscher und lauter Tonfall beeindruckte sie nicht. Allerdings habe ich das Tier wegen dieser Widerspenstigkeit niemals geschlagen. Ich selbst wurde von meinen Eltern oder Großeltern auch nie körperlich gezüchtigt, obwohl das damals in sehr vielen Familien gang und gäbe war, dass die Kinder schon bei geringen Vergehen geohrfeigt und verprügelt wurden. Vielleicht resultierte daraus auch meine grundsätzliche Haltung, dass ich Tiere, auch wenn sie mir nicht gehorchten, nicht schlug, das befolge ich bis heute. Ich fragte deshalb Onkel Paul: „Warum macht Senta immer alles was du ihr befiehlst, aber bei mir ist sie eigenwillig und folgt oft nicht?" Er erklärte mir: „Die Menschen machten vor vielen Jahren eine Reihe Wildtierarten zu Haustieren, damit wurde ihr natürliches Verhaltens, das man nutzen wollte, gefördert aber auch einiges andere unterdrückt. Die Haustiere behielten aber eine Reihe Eigenschaften, die von ihren wilden Vorfahren stammen und vererbt wurden, bis in die Gegenwart bei." Ich fragte dazwischen (ich war erst 6 Jahre alt): „Was sind

Vorfahren und was ist Verhalten und vererbt?" Rückblickend weiß ich, dass ich meinen selbst ernannten Onkel damals etwas in Erklärungsnot brachte. „Wie sag ich's meinem Kinde", dieses Problem hatte auch ich Zeit meines Lebens. Jedenfalls machte er es sich einfach und erläuterte: „Du bist im Aussehen deinem Großvater wie aus dem Gesicht geschnitten und ich kenne deine Großmutter sehr gut, manche ihrer Handlungen und ihren typischen Gang beobachte ich auch bei dir. Von diesen deinen Großeltern, deinen Vorfahren, wurde dieses ohne dein Zutun an dich weitergegeben, das heißt vererbt. Die Hunde, die, das kennst du schon, von den Wölfen als ihren Vorfahren abstammen, haben von diesen wichtige Eigenschaften übernommen und beibehalten: Sie leben gern in Gruppen, oder wie es bei ihnen genannt wird in Rudeln; dabei anerkennen sie ein besonders starkes kräftiges schlaues Tier aus ihrer Mitte als ihren so genannten Rudelführer. Wenn die Hunde einzeln oder in geringer Anzahl mit Menschen zusammenleben, erkennen sie sehr schnell wer in ihrer Umgebung in der Familie das Sagen hat. Ihr nennt ein Kind, das sich beim Zusammensein mit mehreren Spielgefährten unter euch immer stark hervortut 'Bestimmer', das ist mit dem genannten Verhalten vergleichbar. Senta hat wohl nun gemerkt, dass vor allem ich im Lebensbereich zu dem auch sie gehört, für Ordnung und Disziplin und für ihr Futter sorge, also das meiste auch zu ihrem Wohl regle und bestimme. Damit hat sie mich

von uns allen zu ihren Rudelführer gemacht oder befördert. Sie gehorcht mir deshalb auch ohne Zwang." Diese Erklärungen hatte ich verstanden und schlussfolgerte: „Jetzt begreife ich, dass ich sehr schnell groß und stark werden muss, um gegenüber Senta auch Rudelführer werden zu können, dann wird sie auch immer alles machen, was ich von ihr verlange."
Leider besitze ich kein Bild von Senta.

Senta spürte Liebespaar auf

Ein weiteres Erlebnis mit Senta vermag ich erst mit meinen heutigen Erfahrungen richtig zu beurteilen und zu begreifen. Ich war inzwischen acht Jahre alt und Schulkind, folglich hatte ich weniger Zeit für den Umgang mit dem Hund. Trotzdem nutzte ich jede freie Stunde um mit ihm in Wald und Flur zu stromern. Ich hielt mich in der Regel an die Anordnung, Senta immer an der Leine zu führen. Warum ich bei einem Spaziergang in Hochsommer gegen Abend allein auf weiter Flur Senta frei ließ, weiß ich nicht mehr. Wahrscheinlich wollte ich prüfen, ob ich schon groß genug geworden war, damit sie nun auch mir aufs Wort gehorchte. Mich ritt der Teufel, so pflegte es mein Großvater oft zu bezeichnen, wenn man etwas Unerlaubtes tat. Kaum hatte ich den Hund los gemacht, sauste er auch schon davon; er war schneller als ich, missachtete mein Rufen und war nach kurzer Zeit im Gebüsch am Waldesrand verschwunden. Ich rannte auch in diese Richtung und hörte Senta in einiger Entfernung ganz aggressiv bellen; ich wusste sofort, sie hatte etwas Feindliches entdeckt und gestellt. Ich arbeitete mich deshalb durch das Unterholz dorthin vor, wo ich sie hörte. Da angekommen sah ich etwas für mich als Kind sehr Schreckliches: Auf einer kleinen Lichtung, umgeben von dichtem Gebüsch, standen zwei nackte Menschen – Mann und Frau – ängstlich vor dem Hund, der auf dem Sprung war zuzubeißen, wenn sie auch nur einen Schritt machten, um sich zu entfernen. Ich hatte noch nie in meinem Leben nackte Erwachsene gesehen. Nun standen ein angesehener reicher Mann und eine junge Frau aus unserem Ort, die ich kannte, sie war mit einem anderen Mann verlobt, im Adamskostüm vor mir! Sentas Aggressivität war mir klar, denn ich hatte schon mehrmals festgestellt, wenn ich mit ihr - an kurzer Leine - diesem Herrn begegnete, gebärdete sie sich immer wie toll; jetzt hatte sie ihn erwischt und war in ihrer Angriffslust fast nicht zurück zu halten. Die Zwei hatten mich inzwischen gesehen, obwohl ich mich hinter einem Busch zu verstecken suchte, der feine Herr brüllte: „Nimm sofort den Köter an die Leine und verschwinde, wir werden uns noch sprechen, warum du in meinem Pachtwald herumstreichst und das Wild aufscheuchst!" Um seinem Befehl auszuführen musste ich zunächst näher ran und konnte dabei aber auch die Augen nicht verschließen, weil ich sonst am Halsband die Öse nicht fand. Ich sah zum ersten Mal ganz deutlich den Unterschied zwischen Mann und Frau. Außerdem konnte auch ich, der mit Senta gut vertraut war, das sehr aufgeregte Tier nur mit großer Mühe bändigen. Ich fasste allen Mut zusammen, bekam den Hund an die Leine, konnte ihn fortziehen, er ließ sich von mir sogar etwas beruhigen. Nun kehrte ich den beiden Nackten den Rücken zu und musste eine Schimpftirade des bekannten begüterten Mannes über mich ergehen lassen; das alles kam mir aber eher als faule Ausreden vor – ich konnte mir aber tatsächlich nicht zusammenreimen, warum sich die beiden gänzlich ausgezogen im Wald versteckt hatten. Er behauptete nämlich, die Frau hätte am Tag sehr schwer auf dem Feld gearbeitet und sie wollten sich etwas ausruhen und noch die Abendsonne nutzen. Sie hätten sich vorher am nahen Fischteich zufällig getroffen, um dort zu baden und zu schwimmen. Mir kam das alles schon sehr verdächtig vor, warum er sehr aufgeregt versuchte, mir, einem Kind, solch komische Erklärungen zu geben, die ich gar nicht begriff.

Wenn ich meine Mutter oder Großmutter nach Dingen fragte, was Männer und Frauen manchmal miteinander machen und wo die Kinder herkommen hörte ich immer: „Das verstehst du noch nicht, dafür bist du noch zu klein." Ich glaubte deshalb damals wirklich, wenn sich Erwachsene küssen – das hatte ich schon manchmal heimlich beobachtet - bringt anschließend der Klapperstorch ein Baby ins Haus. Was aber darüber hinaus nackte Erwachsene miteinander treiben würden, darüber hatte ich schon andeutungsweise von älteren Spielkameraden Begriffe wie Geschlechtsverkehr oder zusammen schlafen, Fremdgehen und ähnliches gehört; womit ich absolut nichts anzufangen wusste. Die beiden Nackten, die ich erwischt hatte, waren hellwach, ob sie aber vorher geschlafen hatten bevor sie von Senta überrascht wurden, wusste ich nicht!

Die ganze Situation hatte mich Achtjährigen in schier unlösbare Konflikte gebracht. Wem konnte ich mein Erlebnis anvertrauen und um Rat fragen? Dann käme aber auch heraus, dass ich den Hund unerlaubt von der Leine los gemacht hatte und durfte ihn vielleicht nie mehr allein ausführen! Das wäre fast das Härteste für mich gewesen. Welche Strafe war noch von diesem höher gestellten Herrn zu erwarten? Oder stellte der vielleicht erst fest, ob ich seiner Aufforderung, die er sehr dringlich vorbrachte, als der Hund ihn nicht mehr gefährlich war, auch nachkomme. Er rief mir nach: „Du schweigst darüber, was du hier gesehen hast, sonst wird dich der Gendarm festnehmen und einsperren, du hast den Hund frei laufen lassen, der konnte deshalb dem Wild, denn das gehört mir, die Jagd habe ich gepachtet, nachstellen, das ist strafbar. Ich getraute mir sogar etwas bockig zu erwidern: „Aber Senta hat doch gar nichts getan, sie ist mir auch ausgebüxt, das wollte ich gar nicht." „Halt den Mund und spute dich", war die grobe Antwort. Wie immer artig, folgte ich der Aufforderung, aber meine Gedanken beschäftigten sich mit vielen Problemen und weiteren Fragen, auf die ich keine schlüssige Antwort wusste. Warum war Senta geradewegs dorthin gerannt, wo sie die Nackten aufspürte? Sonst zerrte sie immer an der Leine und wollte hinterher, wenn ein Hase oder anderes Wild davonrannte. Vielleicht war es ihr großer Hass auf diesen Mann, dem auch nachgesagt wurde, dass er seine Jagdhunde nicht immer sanft behandelte. Er soll deshalb sogar schon einmal wegen Tierquälereien angezeigt worden sein; das hatte ich bei Gesprächen von Erwachsenen gehört. Ich schlussfolgerte, der Hund spürte, das ist ein „Tierfeind", er nutzte deshalb die Gelegenheit ihn jetzt einmal ungehindert angreifen zu können. Da trat der Jagdtrieb direkt in den Hintergrund. Onkel Paul hatte mir schon ähnliche Geschichten erzählt.

Kurzum, zu Hause angekommen, sperrte ich Senta in ihren Zwinger und verdrückte mich in mein Zimmer, machte Schularbeiten und tat als wäre nichts geschehen. Ich dachte an den Hinweis meines Großvaters, den ich oft von ihm gehört hatte: „Bei wichtigen Entscheidungen ist es richtig, gründlich nachzudenken und immer erst eine Nacht darüber zu schlafen." Er hatte tatsächlich recht, am nächsten Morgen sah die Welt schon wieder anders aus und ich entschloss mich Onkel Paul ins Vertrauen zu ziehen; das tat ich sofort nach Schulschluss am Nachmittag des gleichen Tages. Er hörte sich mein Gestammel geduldig an, schimpfte nicht einmal, sondern beruhigte mich und meinte: "Der Mann hat ein schlechtes Gewissen, du musst also keine Strafe befürchten; trotzdem rate ich dir, das Gesehene nicht weiter zu erzählen, du könntest damit viel Unfrieden stiften. Wenn dir das gelingt darfst du auch weiter wie bisher Senta ausführen. Ich denke, es war für dich eine Lehre, dass verbotene Handlungen, hier, indem du den Hund frei gelassen hast, immer zu unangenehmen Folgen führen."

Senta findet Fuchs in der Falle

Über 70 Jahre ist es her und ich muss seitdem noch manchmal an dieses Erlebnis, das mich noch heute sehr bedrückt, denken.

Ich war ungefähr 12 Jahre alt und stromerte allzu gern in Wald und Flur meiner Ostthüringer Heimat umher. Erfreut und stolz führte ich sehr häufig den Hund Senta an der Leine mit mir. Eines Tages zog mich das Tier plötzlich derart, dass ich bald hingefallen wäre; ich musste in der vom Hund gewählten Richtung mitlaufen, hatte nicht die Kraft, ihn zurück zu halten. Rasch waren wir an seinem Ziel, Senta stand vor einem Fuchs und bellte wütend. Sie wollte sich auf das Tier stürzen, dessen Bein in einer Falle festgehalten wurde. Ich konnte den Hund bändigen, stürzte aber in eine Situation, aus der ich keinen Ausweg wusste. Meine Gedanken rasten, überschlugen sich und Fragen über Fragen taten sich auf: Laut um Hilfe rufen? Das hörte bestimmt niemand – ich war mitten in einem großen Wald, in dem selten Menschen anzutreffen waren.

Versuchen, den Fuchs zu befreien? Das getraute ich mir nicht, da ich auch wusste, dass diese Tiere zubeißen können und dabei die gefährliche Tollwut übertragen. Außerdem kannte ich den Mechanismus der Falle nicht. Das auf diese grausame Art gefangene Tier erschlagen? Dazu fühlte ich mich zu schwach, weil ich mir auch nicht sicher war, gezielte tötliche

Schläge ausführen zu können und Angst hatte, einen langen Todeskampf sehen zu müssen. Es einfach seinem Schicksal überlassen? Da plagte mich mein Gewissen. Woher ich dann die Kraft nahm, Senta an der Leine mit mir fort zu ziehen, weiß ich nicht mehr. Jedenfalls entschied ich mich, mit ihr nach hause zu rennen und Erwachsenenhilfe zu holen. Außer Reichweite des Fuchses lief Senta auch wieder brav mit. Wem sollte ich mich nun anvertrauen, oder vermochte ich auch - das benebelte jedenfalls meine Gedanken - selbständig zu handeln? In der Scheune unterm Stroh hielt ich heimlich eine Pistole versteckt, die ich mit meinem Freund zusammen nach einem Manöver in unserer Flur in einer Erdgrube gefunden hatte. Wir hatten sie einfach behalten, aber noch nicht ausprobiert, weil nur 7 Schuss Munition dabei waren und wir noch auf eine günstige Gelegenheit warteten. Wir beratschlagten lange und waren stark im Zweifel, ob wir uns vielleicht ohne Gefahr unserem Hitlerjugendführer anvertrauen könnten. Im Jungvolkdienst hatten wir schon mehrfach gehört, dass man sich im Gebrauch von Waffen gar nicht früh genug üben kann. Vielleicht dürfen wir dann die Pistole sogar behalten? Aus Kriegsberichten hatte ich im Übrigen erfahren, dass ganz schwer verletzen Tieren, denen nicht mehr zu helfen war, der „Gnadenschuss" gegeben wurde. Das traute ich mir jedoch nicht, zumal ich auch befürchtete, beim Mitnehmen und Benutzen der Waffe entdeckt zu werden.

Kurzum: Ich ging aufgeregt zu meinem Großvater und berichtete mein Erlebnis. Unverzüglich begab er sich mit mir zum Ort des Geschehens, doch wir wurden der Sorge des Handelns enthoben. In der Falle steckte noch ein Stück Bein aber der Fuchs war fort; er hatte wahrscheinlich den Rest des stark gequetschten Beines durchgebissen und war geflüchtet. Ob er überlebte oder unentdeckt schmerzvoll starb, konnte ich nie erfahren. Nun war guter Rat teuer, sollte man melden, dass ein illegaler Fallensteller in unserem Wald sein Unwesen treibt? Mein Opa bestärkte mich, ich ging zum Ortspolizisten und wurde enttäuscht; ich erhielt die Auskunft, dass man sich jetzt im Krieg um wichtigere Sachen als um tote Füchse zu kümmern hätte. Anders erging es mir beim zuständigen Förster, den durfte ich die Stelle, wo die Falle aufgestellt war, zeigen; er versprach der Sache nachzugehen, ob er den illegalen Fallensteller ermitteln konnte, erfuhr ich nicht.

Dieses Ereignis und weitere Erlebnisse, nach denen Menschen grausam mit Tieren umgingen, ließen mich Tierschützer werden.

Vorahnung eines Hundes

Während des 2.Weltkrieges wurden viele Ereignisse als Prophezeiungen gedeutet und ich erinnere mich an einige noch sehr genau. Besonders beeindruckt war ich aber von einer Geschichte, in der ein Hund ahnte oder vielleicht sogar wusste, dass mit seinem Herrn etwas Schreckliches geschehen war. Vater und Sohn einer Bauernfamilie waren an der Front. Der Schäferhund lief tagsüber frei im Gehöft umher und kümmerte sich nicht darum wer ein- und ausging, wenn er wusste, dass seine Herrschaft im Hause war. Eines Tages erfasste er den Briefträger am Rockärmel und ließ nicht wieder los. Dem Befehl der Herrin, abzulassen, kam er allerdings nach und der aufatmende Mann sagte: „Ich bringe einen Einschreibebrief, als ich den aus der Tasche zog, griff mich das Tier plötzlich an. Der Hund kennt mich doch und hat mir noch nie etwas getan." In diesem Brief teilte der Kompaniechef ihres Mannes der Frau mit, dass der Ehemann gefallen war. Vertrauensvoll spricht die Frau mit dem Pastor, der auch versucht, ihr Trost zu spenden und hilft, eine Erklärung für das eigenartige Verhalten des Hundes zu finden. Übersinnliche Deutungen oder Aberglauben kann der Kirchenmann nicht zugestehen aber gemeinsam finden sie eine Auslegung, die letztlich niemand beweisen aber auch nicht widerlegen kann: „Der Briefträger ahnte, eine schlimme Nachricht zu überbringen und war ängstlich, das spürte der

Hund und griff deshalb an." Mein Großvater deutete allerdings das Verhalten des Hundes anders; er sagte: „Tiere spüren, auch über weite Entfernungen hinweg, wenn ihr Herr stirbt." War es Zufall oder nur für uns Menschen nicht erklärbar? Als etwas später der Sohn der Familie im Krieg ebenfalls ums Leben kam, spielte sich mit dem Hund, der vorher schon immer die Sachen des gefallenen Sohnes beschnuppert hatte, ähnliches ab.

Schutzmaßnahmen gegenüber bissigen Hunden

Die folgende Geschichte, die in unserer Familie von Generation zu Generation bis heute weitererzählt wird, beschreibt Ereignisse aus der Mitte des 19.Jahrhunderts. Es wird darin u. a. ein Rezept genannt, das meine Ur-ur-Urgrossmutter im Umgang mit bissigen Hunden anwandte. Sie war häufig gemeinsam mit ihrem Ehemann mit einem Pferdegespann in den Dörfern Ostthüringens unterwegs. Sie betrieben einen Stoffhandel und die Bauern waren gern Abnehmer; die Aussteuer der Töchter nähte man damals vielfach zu Hause. In fast allen Anwesen hielt man in jener unruhigen Zeit frei herumlaufende Wachhunde, die unbekannten Leuten, die unerlaubt das Grundstück betraten, sehr gefährlich werden konnten. Wenn mein Urahn vor einem Gehöft anhielt, ließ er erst seine Frau auf den Hof gehen, sie wurde nie von Hunden gebissen. Selbst die aggressivsten Tiere gingen meist auf sie zu, beschnupperten sie und liefen eine Zeit lang neben ihr her. Ihre ganz einfache Methode, die sie allen gern mitteilte, war von jedermann nachzuahmen. Die Ahnin hielt zu Hause Rüden und Hündinnen. Von der Liegestatt auf der sich die männlichen und weiblichen Tiere aufgehalten hatten, nahm sie einen Lappen, den sie bei sich trug. Sie schlussfolgerte und das klappte bei ihr auch, dass die anderen Hunde immer erst schnuppern, prüfen und neugierig werden: „Wo befindet sich das Tier, das ich

hier rieche?" Damit ist die mögliche sofortige Angriffslust erst einmal gebrochen und Zeit für einen
friedlichen Umgang gewonnen. Zunächst unerklär-
lich, konnten aber einige Menschen nicht in gleicher
Weise gefährliche Hunde bändigen. Die Frau hatte in
der damaligen Zeit, in der man noch teilweise an Hexerei glaubte, sogar manchmal Mühe Verdächtigun-
gen abzuwehren, sie wäre mit dem Satan im Bunde.
Außerdem steckte im 19. Jahrhundert die Verhaltens-
forschung bei Tieren noch in den Kinderschuhen; von
dieser Seite her konnte sie deshalb kaum Erklärungen
erwarten. Es gelang ihr empirisch zu beweisen, dass
neben der geschilderten Nutzbarmachung des Ge-
ruchssinns der Tiere auch Kenntnis über deren Verhalten ausschlaggebend ist. Menschen, die von vorn-
herein Angst vor Hunden haben, brauchen gar nicht
nach irgendwelchen Hilfsmitteln zu suchen. Furchtlo-
ses, aber nicht leichtsinniges Zugehen auf die Tiere,
so gab schon die Ur- ur- Urgroßmutter ihren Nachfah-
ren mit auf den Weg, gehört immer dazu.

Dackel sind auserwählte Hunde

Dackel ist eine Hunderasse, die bekanntlich besonders für die Jagd gezüchtet wurde. Von allen Hunden sind mir diese Tiere die liebsten, weil sie ein ausgeprägtes Selbstbewusstsein besitzen. Ihre Erziehung ist schwierig, sie bleiben immer eigenwillig. Das zeigt sich auch im Umgang mit anderen Hunden und bei der Jagd; vor größeren Tieren und aggressiven Füchsen oder anderem größeren Wild haben sie keine Angst, bleiben angriffsbereit und lassen sich nur schwer zurück halten.

Ich mag Dackel wahrscheinlich auch deshalb besonders, weil ich sie schon als Kind in den 1930er Jahren näher kennen lernen konnte und Umgang mit ihnen hatte.

Mein Onkel war Revierförster und hatte damals zwei Dackel, einen Deutschen Jagdhund und einen jungen 9 Monate alten Münsterländer. Neben der Försterei war ein kleiner, etwa 1000 qm großer Hügel auf dem viele Kirschbäume standen und der stark von Kaninchenröhren unterhöhlt war. Es machte Spaß zu beobachten, wenn sich die Kaninchen auf dem Gelände tummelten und flugs in ihren Röhren verschwanden, wenn man näher kam. Ich durfte mit dem älteren erfahrenen Dackel und dem Münsterländer auch in der Nähe der Försterei spazieren gehen ohne sie anzuleinen, weil selbst der Dachshund auf das Pfeifen meines Onkels hörte und ins Haus zurück kam. Nur ihm gehorchte das Tier, weil es wahrscheinlich immer darauf wartete mit ins Revier genommen zu werden. Er wurde dann im Rucksack verstaut – der Kopf guckte oben aus der Öffnung – und der Förster fuhr mit einem kleinen Motorrad in die weiter entfernten Wälder. Die Mitfahrt im Rucksack musste sein, denn die kleinen Dackelbeine waren nicht schnell genug, um mit dem Fahrzeug Schritt zu halten.

Gern ging ich mit den beiden Hunden in die Kirschplantage und beobachtete dort ein interessantes Geschehen. Kaum dort angekommen, verschwand der Dackel in einer Kaninchenröhre und der Münsterländer wartete draußen, dass die Kaninchen heraus kommen sollten. Sobald das geschah, rannten diese davon und der große Hund reagierte zu langsam, um sie auch erreichen zu können. Kurze Zeit darauf kam der kleine Kurzbeinige aus der Röhre und war verärgert, dass der Große nicht aufgepasst hatte und das Kaninchen entweichen konnte. Noch heute meine ich, dabei einen vorwurfsvollen Blick des Dackels erkannt zu haben. Das Spiel wiederholte sich mehrmals aber immer ohne Jagderfolg, was vermutlich von meinem Onkel als Jäger auch gewollt war, sonst hätte er mich nicht mit den Hunden dorthin gehen lassen.

Gut erinnere ich mich an das Schauspiel, dass die beiden Dackel in der Försterei vorführten, wenn mein Onkel erlegtes Wild nach Hause brachte. Sie wussten, dass sie nicht unmittelbar an das Wildbret heran durften. In der Nähe wälzten sie sich auf dem Boden –

man sah, dass ihr Speichel im Maul immer mehr wurde – und sie beobachteten ganz genau was der Jägersmann mit dem erlegten Tier anstellte. Aus Erziehungsgründen bekamen sie aber nichts von der Beute, sie mussten sich mit dem Geruch zufrieden geben.

Minensuchhunde

Mein Onkel war 1946 aus amerikanischer Gefangenschaft nach hause gekommen und erzählte zunächst nichts über seine Kriegserlebnisse. Ich, damals ein neugieriger 15järiger, hätte gern aus seinem Munde etwas über seine außergewöhnlichen Erlebnisse, über die in der Familie immer nur in Andeutungen gesprochen wurde, gehört. Wahrscheinlich brauchte er Zeit, um all das Schreckliche zu verarbeiten. Nach etwa 5 Jahren hörte ich dann seinen Bericht, wie er in eine Strafkompanie kam und dort viele Hunde sterben sah. 1943 war er Obergefreiter und Kraftfahrer in einer Militärtransporteinheit. Eines Nachts fuhr er in einer Kolonne mit 4 LKW als vorderstes Fahrzeug zu einem Munitionsdepot; er merkte, dass dies bereits von Partisanen besetzt war und kehrte um. Er wusste, dass sie, die 4 Fahrer und 4 Beifahrer, nicht in der Lage gewesen wären das Lager zurück zu erobern. Am Stützpunk angekommen, wurde er sofort verhaftet und wegen Feigheit vor dem Feind angeklagt. Er wäre zum Tode verurteilt worden, wenn er nicht hätte beweisen können, dass er unmittelbar vor der Abfahrt zum Einsatz die Nachricht vom Tod seiner Mutter erhalten hatte. Das wurde als mildernder Umstand gewertet. So kam er in eine Strafkompanie zum Minenräumen. Als Unterstützung erhielten sie hier ausgebildete Minensuchhunde, die vor ihnen auf das vermutlich verminte Gebiet geschickt wurden. Mein Onkel erzählte, dass die Hunde in vielen Fällen Minen aufspürten, die plötzlich detonierten, wenn sie sich selbst vorsichtig genähert hatten. Er betonte immer wieder, dass er das Bild einfach nicht vergessen kann, wie dann die Tierkörper in die Luft flogen und zerfetzt wurden; die Hunde starben und retteten ihm und vielen Kameraden das Leben.

Über das Schlachten von Hunden

Es klingt für uns heute absurd, aber bis in die 1940er Jahre gehörten Hunde zu den Tieren, die sogar in öffentlichen Schlachthöfen geschlachtet werden durften und deren Fleisch verspeist wurde. Unsere Zivilisation hat aber erfreulicherweise zu Normen gefunden, die jetzt genau gesetzlich festlegen, welche Tiere zu den Schlachttieren zählen; Hunde und Katzen gehören nicht mehr dazu. Diese Tierarten werden in der Neuzeit vorrangig aus Liebhaberei, für Freizeitbeschäftigungen und besonders in den Dörfern noch als Wachhunde gehalten.

Während meiner Kindheit wohnte in unserer Nachbarschaft ein Junggeselle, heute heißt es Single. Er war schon ungefähr 60 Jahre alt und sollte Gerüchten zu Folge ein sehr bewegtes Leben hinter sich haben. Es war stadtbekannt, dass er Hunde und Katzen fing, sie schlachtete und Fleisch sowie Felle verkaufte. Damit finanzierte er vor allem seinen Alkoholkonsum, denn er war sehr häufig betrunken. Wir Kinder machten uns einen Jux daraus, ihn zu hänseln, wenn er vor seiner Haustür hingefallen war. Er war oft so stark berauscht, dass er den Schlüssel nicht ins Schloss brachte und sich nicht mehr auf den Beinen halten konnte. In diesem Zustand war es ihm auch nicht möglich uns zu verfolgen, wenn wir vor ihm ausrissen. So konnte er uns nur beschimpfen. Uns hatte es aber ganz brennend interessiert, wo und wie er die

Hunde und Katzen schlachtete. Das zu erkunden gelang uns nie; er würde, so wurde gemunkelt, die Tiere nachts fangen, töten und heimlich im Keller, wo die Fenster mit Brettern verschlagen waren, das Fleisch und die Felle für den Verkauf fertig machen. Während meiner Kindheit mussten wir nachts immer zu hause im Bett bleiben und harte Strafen wären uns gewiss gewesen, wenn wir uns mal davongeschlichen hätten. Deshalb konnten wir also auch nie das sträfliche Tun von Oswin, so hieß er, beobachten. Er hatte übrigens den Spitznamen `Oswin Tod´; der war aber nicht etwa dadurch entstanden, dass er unsere liebsten Haustiere tötete, sondern durch ein Kuriosum: Als junger Mann hatte er mit einer Frau ein Kind, beide verließ er aber plötzlich und unvermittelt. Er ging auf Wanderschaft, wie man früher sagte und war mehrere Jahre spurlos verschollen. Nach langer Zeit kam eines Tages zu Hause eine Postkarte ohne Absender an, nur mit dem Text: `Oswin tot. ´ Da für die Briefträger damals das Postgeheimnis ein Fremdwort war, wurde diese Mitteilung schnell stadtbekannt. Jahre darauf tauchte er frohgemut wieder in unserer Kleinstadt auf und der Spitzname war perfekt.

Während meiner Kindheit behaupteten Wunderheiler, die damals sehr viel Zuspruch hatten, mit Hundefleisch könnte man die Tuberkulose heilen. Diese Erkrankung war in jener Zeit immer noch eine Geißel der Menschheit und vor allem arme Leute, die wenig zu essen hatten, erkrankten und starben daran. Es war aber nicht die Heilwirkung dieses Fleisches, sondern eher das billigere Nahrungsmittel, das damit in größeren Mengen gegessen werden konnte und die Widerstandskraft der Kranken verbesserte. Oswin hatte also einen guten Absatz für das Hundefleisch. Kurpfuscher, so nannte man die Leute, die keine Ärzte waren und vorgaben, heilen zu können, machten für ihn Werbung für den Verkauf des billigen Fleisches. Aber dann passierte ihm ein Missgeschick. Eines Nachts irrte eine große Dogge durch die Straßen der Stadt, sie war wahrscheinlich zu hause ausgebüxt. Eine gute Beute für den Fänger, zumal das Tier recht zahm war und sich leicht an die Leine nehmen ließ. Ich könnte mir vorstellen, dass der Hund bestimmt große Angst ausgestanden hat, als er in den Kellerraum verbracht wurde, wo alles nach getöteten Tieren roch. Jedenfalls hat ihn Oswin geschlachtet, denn seine Größe und der gute Nährzustand versprachen eine reiche Fleischausbeute. Nur hatte er aus Versehen den Hund des Bürgermeisters erwischt, den dieser erst seit kurzem besaß. Die Dogge war also ein Neuling in der Umgebung, die auch der Fänger noch nicht kannte. Der allgewaltige Mann der Stadt beauftragte den Ortspolizisten mit der Suche nach den vermissten Rassehund. Sehr schnell wurde Oswin als Missetäter ermittelt, verhaftet und es kam zur Gerichtsverhandlung.

Im Hundebändigen war der Kerl offensichtlich ein Fachmann. Ich kann mich auch nicht erinnern jemals gehört zu haben, dass Schmerzenslaute der Tiere aus dem Schlachtraum im Keller nach draußen gedrungen wären. Es klingt grausam, aber wahrscheinlich beherrschte er das Töten ganz fachmännisch.

Das Ereignis mit dem „Bürgermeisterhund" erregte großes Aufsehen und war wochenlang Stadtgespräch. Auch wenn er es illegal getan hatte, konnte es Oswin nicht besonders zur Last gelegt werden, einen Hund geschlachtet zu haben, denn Hunde gehörten zu den Schlachttieren. Sein Eingriff in fremdes Eigentum, Tiere waren also eine Sache, wurde jedoch streng bestraft. Er verbüßte eine Gefängnisstrafe, nach seiner Freilassung gab er aber sein böses heimliches Tun trotzdem nicht auf. Im Gegenteil, jetzt waren vor allem die Katzen seine bevorzugten Beutetiere. Ihre Felle, gegerbt und hergerichtet, so wurde behauptet, würden Rheumakranken helfen und ihre Schmerzen lindern. Ich weiß, dass auch meine Großeltern und Eltern stark der heilenden, wärmenden Wirkung dieser Felle vertrauten. Bei Kreuzschmerzen, vor allem dem so genannten Hexenschuss, wurden sie in der Lendengegend aufgelegt und der Effekt war nicht nur Einbildung. Oswin trocknete die Felle und hatte scheinbar seine eigenen Methoden sie so zu bearbeiten, dass sie sich für die gepriesene ˋmedizinische Anwendung´ eigneten. Er fand viele Abnehmer und hatte wiederum genügend Geld für seine Trinkereien.

Die kriminellen Tierfänger sind auch heute noch nicht ausgestorben. Nur wofür sie die Tiere fangen, das hat sich geändert. Heute zahlen manchmal Versuchstierlabors – auch im Ausland - für die illegale Beschaffung gute Preise. `Geld verdirbt den Charakter´, sagte mein Opa schon vor mehr als einem dreiviertel Jahrhundert. Das stimmt noch heute und gewissenlose schlimme Menschen finden immer wieder Möglichkeiten für ihre sträflichen Handlungen. Erfreulicher Weise sind heute Tierschutzorganisationen sehr wachsam, nicht alle, aber zahlreiche verbotene Tierfängereien werden aufgedeckt und bestraft. Mehr Unterstützung wünschte man sich dabei von der gesamten Bevölkerung.

Hauskatzen

Über Hauskatzen sollen nur meine Erlebnisse „Warum ich Tierschützer wurde und das folgende Gedicht hier eingefügt werden, da weiter Episoden mit dieser Tierart in meiner Veröffentlichung „Was uns Katzen auf ihre Art sagen", 2010, Herstellung und Verlag: Books on Demand GmbH, Norderstedt
ISBN 9783839172650
in einigen Kurzgeschichten dargestellt sind.

Das Los der Haus- und Wohnungskatzen

Viele Menschen haben heute
an Wohnungskatzen ihre Freude.
Die Katzen, das ist aber auch bekannt,
leben gern im Dorfe, auf dem Land,
denn es gefällt ihnen gewiss nicht immer
im kleinen engen Wohnungszimmer.

Vielleicht könnten Wohnungskatzen sagen,
für sie sei es nur qualvoll zu ertragen,
keine Mäuse und Vögel mehr zu fangen,
auf keine natürlichen Bäume zu gelangen,
sich nicht ihren freien Trieben hinzugeben,
stattdessen friedlich, nicht wie Raubtiere zu leben.

Emotional fällt einigen Menschen sogar ein,
Wesensähnlich sollten ihre Katzen sein:
In Betten mit ihnen schlafen und ruh´n;
möglichst Gleiches wie sie im Alltag tun,
es ertragen, wenn die Herrschaften grollen,
schmusen, wenn diese es immer nur wollen.

Mühevoll haben Menschen einen Erfolg erreicht,
allerdings einzuschränken, mit vielleicht:
Wollen Wohnungskatzen sich wirklich anpassen,
ihre Natürlichkeit hinter sich nun lassen?
Leider können diese Tiere es uns nicht sagen,
sind sie zufrieden? Müssen sie ihr Los beklagen?

Die Menschen müssen aber bedenken,
unsterilisierten Katzen Freiheit schenken
bedeutet, sie vermehren sich ungehemmt.
Das Land würde mit Katzen überschwemmt,
es wäre dann unverantwortlich, zuzusehen
wie diese Geschöpfe grausam zugrunde gehen.

Warum ich Tierschützer wurde
Ich erlebte vor 75 Jahren als Kind, dass Hauskatzen in
ihren ersten Lebenstagen grausam getötet wurden. Ein
Freund und ich wollten den Katzenmüttern helfen,
ihren Nachwuchs zu retten. Wir suchten und fanden in
den Scheunen die Neugeborenen und brachten sie
gemeinsam mit den Katzenmüttern in sicherere Ver-
stecke, die die Erwachsenen nicht mehr erreichten.

Die Aktion lief ca. 2 Jahre, da gab es in unserer Umgebung so viele frei herumlaufende Hauskatzen, dass man sich kaum zu helfen wusste – wir mussten unser Vorhaben begraben.

Da wurde mir erstmals gefühlsmäßig klar – freilich konnte ich das damals noch nicht in der heutigen Weise verstehen und ausdrücken, - dass es im Tierschutz darauf ankommt, für die in unserer Obhut befindlichen Tiere nicht nur Beschützer zu sein, sondern auch deren Fortpflanzung zu steuern. Wir Menschen tragen hohe Verantwortung für unsere Mitgeschöpfe, die sich nicht allein in Tierliebe ausdrücken darf. Sie beinhaltet und fordert Einfluss auf die Gesundheit, die Fortpflanzung, das Wohlbefinden und die artgerechte Haltung der Tiere zu nehmen. Dafür konnte ich in meinem Beruf als Tierarzt in mannigfaltiger Weise tätig werden.

Gleich nach der Wende habe ich einige Jahre als Vorsitzender, heute als Ehrenvorsitzender, im Erfurter Tierschutzverein Einfluss auf die Minderung des Elends der in der Stadt Erfurt freilebenden Katzen genommen. An den durch Tierschützer betreuten Futterstellen werden noch nicht kastrierte Katzen in Lebendfallen eingefangen. In Tierarztpraxen werden sie kastriert und wieder in die Freiheit entlassen. Auch kranke Tiere werden fachgerecht behandelt. Diese Aktion ist für mich die Erfüllung eines Lebenstraumes.

Leider werden bis heute, besonders im ländlichen Raum, neugeborene Hauskatzen noch immer auf grausam Art getötet, weil bekanntlich ein Katzenpaar – ohne Einflussnahme – nach 10 Jahren 80 Millionen Nachkommen haben kann. Es bleibt deshalb auch für die Stadt Erfurt notwendig, eine Verordnung zu erlassen, nach der durch „Katzenkastration" Einfluss auf die Vermehrung dieser Tiere genommen werden kann.

Ziegen, meine aufmerksamsten Zuhörer

Ich wuchs auf dem Lande in der Landwirtschaft auf und fühlte mich in meiner Umgebung außerordentlich wohl. Deshalb gab es für mich als Kind auch nur einen Berufswunsch: Ich wollte Bauer mit viel Pferden, Rindern, Schweinen, Geflügel, Ziegen und Schafen werden. Hunde und Katzen sollten aber auch nicht fehlen. Ein eigener Bauernhof war mir gar nicht wichtig, denn ich wollte Inspektor auf einem großen Rittergut werden. Über diese, meine Kindheitsträume, konnte ich stundenlang reden, suchte hierfür immer Gesprächspartner, die ich aber bei Gleichaltrigen nur selten fand. Nur meine Großeltern hörten mir bisweilen geduldig zu, hatten jedoch meist zu wenig Zeit, weil sie in unserer Bauernwirtschaft stark eingespannt waren. Ich nutzte deshalb jede Gelegenheit, im Stall den Tieren von meinen Sehnsüchten zu erzählen. Vor allem die Ziegen, so erinnere ich mich noch, waren in meinen Kinderaugen meine aufmerksamsten und verständnisvollsten Zuhörer. Warum, das kann ich nicht begründen, aber diese Tiere, so schien es mir zumindest, lauschten oft meinen Worten mit wachen Augen, gespitzten Ohren und in einer angespannten erwartungsvollen Haltung. Wahrscheinlich war es aber nur meine Stimme, die ihnen gefiel. Ich war damals etwa 5 bis 6 Jahre alt, also noch Vorschulkind wurde wenig zu Mitarbeiten in der Landwirtschaft eingespannt, verrichtete aber aus eigenem Antrieb manche nützliche

Tätigkeit besonders im Umgang mit unseren Haustieren. Ich merkte schon damals, Kinder gehen anders mit Tieren um als Erwachsene. Daraus resultiert, dass vor allem die Haustiere gegenüber Kindern in der Regel ein recht typisches Verhalten zeigen. Sie akzeptieren kleine Kinder selten als so genannte Rudelführer; aggressiv sind sie aber meistens nur dann, wenn Neid, Eifersucht oder Rivalität, auch durch falsche Erziehung geschürt, mitspielen.

Ziege Hanne

Von einem Hundeleben spricht man, wenn es jemanden sehr schlecht geht. Vom Ziegenleben sind keine solchen Vergleiche bekannt. Folglich müsste es ihnen immer gut gehen. Geläufig sind aber die Schimpfworte: „Dumme Ziege, alte Ziege"; das sind ganz ungezogene Bemerkungen gegenüber Frauen, worüber auch die Tiere beleidigt sein könnten. Es soll nunmehr der Lebensweg der Ziege Hanne in Verbindung mit dem Zeitgeschehen Ende der 1930er bis Mitte der 1940er Jahre dargestellt werden.

Das im Mai 1938 geborene Tier hatte Glück, Ostern war vorbei und die für das Fest benötigten Ziegenlämmer hatte man bereits geschlachtet und teilweise gegessen, also bestand kein Bedarf mehr. Es war in diesem Falle ein Vorteil, dass das Zicklein ausnahmsweise so spät im Jahr noch zur Welt kam, sonst wäre es vielleicht auch im Kochtopf gelandet. Man behielt es als Zuchttier und nannte es Hanne. In jener Zeit bezeichnete man die Ziegen als die Kühe des „kleinen Mannes". Diese so genannten Häusler bewirtschafteten in der Regel Acker- und Wiesenflächen von durchschnittlich nicht mehr als 1 bis 2 ha. Ebenso bekannt sind hierfür die Namen Kleinsiedler und später bis in die Neuzeit die Bezeichnung Nebenerwerbslandwirt.

Im Herbst stellt sich bei Hanne die Brunst ein – die Ziegenhalter sagen auch „Bockigsein". Sie meckerte sehr viel, wedelte dauernd mit dem Schwanz und zeigte Unruhe. Der Opa wollte sie am 2. Tag nach diesen Anzeichen zum Bock bringen, der von einem Kleinbauern gehalten wurde. Dieses Gehöft befand sich ungefähr 1 km entfernt, es war nicht zu verfehlen, denn der typische Geruch war in einem großen Umkreis wahrzunehmen. Beschweren hierüber durften sich die Nachbarn damals nicht, das gehörte zum ländlichen zu akzeptierenden Umfeld. In der Neuzeit würde es hierzu bestimmt zum Streit bis hin zu gerichtlichen Auseinandersetzungen kommen! In diesem Rahmen gibt es heutzutage ja sogar Anzeigen wegen Belästigungen durch einen krähenden Hahn am Morgen.

Hanne ging nicht freiwillig mit aus dem Hoftor. Ein unerklärliches Phänomen, sie war noch nie beim Bock gewesen und merkte, es sollte dorthin gehen. Niemand hatte feststellen können, dass die Altziegen sie aufgeklärt hätten. Das wäre eine Begründung für die Vorahnung der Jungziege gewesen, oder roch sie die Nähe des männlichen Tieres und wollte sich gegen eine „Zwangspaarung" wehren? Fragen, zu deren Klärung unsere menschliche Erkenntnis nicht ausreicht. Kurzum, der Häusler lud sie auf einen Handwagen, wo er sie mit Stricken arretieren musste, er fuhr sie zum Ziegenbock. Der Deckakt klappte sofort und genau nach 157 Tagen gebar sie 2 männliche Lämmer. Hanne wurde eine gute fürsorgliche Ziegenmutter, die neben der Versorgung ihrer beiden Böcklein schon nach der ersten Geburt noch zusätzliche Milch für den Haushalt lieferte. An dieser Stelle sei eingefügt, der Opa hat Zeit seines Lebens täglich mindestens einen halben Liter Ziegenmilch direkt nach dem Melken – noch tierkörperwarm – getrunken. Er wurde 82 Jahre alt und war nie ernsthaft krank; 10 Tage vor seinem Tod hat er sich das erste Mal kränkelnd ins Bett gelegt und der Arzt schrieb auf den Totenschein: Gestorben an Altersschwäche. Vorher, als Patient, hatte er ihn nicht kennen gelernt.

Hanne wurde die Stammmutter der Ziegenhaltung des Häuslers, bestehend aus 3 Muttertieren und dem jährlichen Nachwuchs, der vorwiegend der Fleischgewinnung diente.

Als 1939 der 2. Weltkrieg begann war sie 1 Jahr alt und begann von nun an für die Milch- und Fleischversorgung der Familie ihres Besitzers, 4 Erwachsene und ein Schulkind, mit beizutragen. Sie brachte bis zum Ende des Krieges jedes Jahr zwei Lämmer zur Welt, 3 davon wurden Mutterziegen, die übrigen wurden gemästet und geschlachtet. Nach jeder Geburt wartete sie mit einer ansehnlichen Milchleistung auf. In dieser Zeit besaßen diese Lebensmittel, da sie nur zum Teil auf die rationierte Versorgung angerechnet wurden, einen hohen Wert.

In Kleinstädten Thüringens und der ländlichen Gegend, abgelegen von Rüstungsindustrie, spürte man wenig vom Krieg oder von Luftangriffen. Für Hanne lief alles, als sei die Welt ringsherum in Ordnung. Besonders gefiel ihr, wenn sie in der Nähe der ihr vertrauten Menschen gemeinsam mit den übrigen Ziegen, ob groß oder klein, grasen konnte.

Bis zum April 1945 ging alles seinen gewohnten Gang, da aber begann um Hanne herum große Aufregung; der alte Herr war schon einige Tage nicht mehr zu ihr in den Stall gekommen. Auch der Aufenthalt im Garten war trotz des schönen Frühlingswetters vorbei. Was war die Ursache dieser Veränderungen? Der Krieg kam nunmehr auch in diese bisher kaum von schlimmen Ereignissen berührte Gegend. Den Menschen ist die Frage zu stellen: "Warum müssen auch die unschuldigen Tiere unter den Kriegsgeschehen leiden, das diese in keiner Weise zu verantworten haben und nicht beeinflussen können?" Die Ziege starb unter den Trümmern einstürzender Decken und Mauern. In unmittelbarer Nähe ihres Stalles schlugen Panzergranaten ein und zerstörten das Gebäude. Was sie vorher und während dieser letzten Stunden oder Minuten für Qualen erlitt, ist nicht nachvollziehbar. Die Ziegenhaltung der Neuzeit hat ein ganz anderes Profil als damals. Ziegenmilch wird vorwiegend zur Herstellung von Käsespezialitäten benötigt, das Fleisch der Tiere ist kaum gefragt. Die Haltungsformen sind auf die Erzielung höchster Milcherträge gerichtet. Sogar Melkmaschinen für Ziegen wurden entwickelt.

Ich war ein Pferdenarr

Ich war Einzelkind und wohnte mit meinen Eltern im Bauernhaus der Großeltern. Mein Vater war nicht mit in der Landwirtschaft tätig, er ging einem anderen Beruf nach; meine Mutter war nicht berufstätig, sie half hin und wieder ihren Eltern in der Bauernwirtschaft. Aus heutiger Sicht vermute ich, dass ich meine Großeltern, bei denen ich mich viel aufhielt, mit vielen Fragen, vor allem nach dem Warum, wahrscheinlich oft nervte, was ich aber nie zu spüren bekam. Sie antworteten immer geduldig und vermittelten mir das Gefühl, das ich so beschreiben könnte: „Es gibt keine dummen Fragen, sondern nur dumme Antworten." Stundenlang konnte ich über Pferde erzählen. Schon als Kleinkind waren mir diese Tiere richtig ans Herz gewachsen, ich wollte. als ich dann 5 bis 7 Jahre alt wurde, alles über sie erfahren und sehr gern wie ein Erwachsener mit ihnen umgehen können. Ich weiß noch, dass mein sehr religiöser Großvater mehrmals sagte: „Du bist ja ein richtiger Pferdenarr, du verehrst diese Tier wie himmlische Wesen, das sind sie nicht, das bleiben der liebe Gott und die Engel." Mit diesen Feststellungen konnte er aber meinen Wunsch nicht unterdrücken, selbst Pferde halten und betreuen zu können. Für Zugdienste und notwendige Feldarbeiten wurde in seiner kleinen Landwirtschaft recht oft ein Schimmel von einem Bauern aus der Nachbarschaft ausgeborgt. Er war ein mittelgroßer damals 10 bis 12

Jahre alter Wallach und hieß Cäsar. Dieses Tier war mein Abgott und ich will mit meinen Erlebnissen ein außergewöhnliches „Kind – Pferdeverhältnis" schildern. "Warum kaufst du Cäsar nicht, dann könnte er bei uns im Stall stehen oder im Garten weiden und ich hätte ihn immer bei mir?" fragte ich meinen Opa. Die Antwort fiel ihm sichtlich schwer und war weitschweifig mit dem Fazit, das könnte er sich nicht leisten, dafür seien auch zu wenige ständige Aufgaben für ein Pferd vorhanden, denn diese Tiere müssten immer Bewegung haben. Als Ersatz bekam ich nach meinem fünften Geburtstag ein Weihnachtsgeschenk, ein relativ großes Schaukelpferd, auf dem ich wie ein Reiter sitzen konnte, natürlich gab ich ihm den Namen Cäsar. Es hatte ein Fell, das sich wie bei einem richtigen Pferd anfühlte, jedoch schwarz und nicht weiß, wie bei meinem Lieblingspferd, gefärbt war. „Warum sind Schimmel, wie auch Cäsar, immer die gutmütigeren Tiere, aber Rappen, also die schwarzen, häufig bösartig?" wollte ich von meinem Großvater wissen; wieder hörte ich eine sehr weitschweifige Erklärung, die aber für mich sehr lehrreich war: "Ganz echte Schimmel, die schon mit weißem Fell geboren werden, gibt es nur ganz selten. Bei den meisten Schimmeln beginnt deshalb das Fell erst ungefähr ab dem 5. Lebensjahr allmählich heller bis dann ganz weiß zu werden. Das ist ähnlich wie bei den Menschen, die auch oft dann im Alter graue oder ganz weiße Haare bekommen. All das soll irgendwie mit der Vererbung zusammen hängen. Die Schimmel sind also meistens ältere Tiere und wahrscheinlich deshalb etwas ruhiger und friedlicher, während Rappen besonders als junge Pferde uns häufig als wild und ausgelassen erscheinen. Man kann also nicht sagen, dass grundsätzlich die Schimmel die friedlicheren Pferde wären, auch dunklere Tiere können gutmütig sein."

Damals vor über 70 Jahren wussten die einfachen nicht einschlägig gebildeten Leute noch nichts über Gene – obwohl der Begriff und die wesentlichen Grundlagen hierüber schon seit Anfang des 20. Jahrhunderts bekannt waren – allerdings steckte die Entschlüsselung dieser Erbträger noch in den Kinderschuhen. Übrigens war damals auch die neuzeitliche Erblehre besonders bei religiösen Menschen sehr verpönt. Ich fragte als immer wissbegieriges Kind dazwischen: „Was bedeutet Vererbung und warum sagen andere Leute sehr häufig zu mir: Du siehst genau wie dein Großvater aus und hast auch dessen freundliche Art geerbt." Ich merkte, dass ich den in meinen Augen sehr erfahrenen Opa in Erklärungsnot brachte, er meinte: „Heutzutage wollen manche beweisen, dass nicht der Liebe Gott, die Welt, uns Menschen und alle Tiere wie sie heute sind, geschaffen hat. Sie meinen wir würden von Affen abstammen, aber ich habe bisher noch nicht erlebt, dass eine Frau einen Affen zur Welt gebracht hätte. Die Kinder sehen häufig wie ihre Eltern oder Großeltern aus, das nennt man dann Vererbung, die wir nicht beeinflussen können. Genauso werden von Pferden Pferde geboren, die dann auch wie die Rasse, der sie angehören, aussehen. Von großen sehr strammen Kaltblutpferden, du kennst solche, die ziehen die mit Bierfässern beladenen Wagen der Brauerei, sind die Nachkommen immer wieder dicke, mächtige Rösser – also haben sie diese Statur auch von ihren Eltern geerbt. Das alles ist von Gott gemacht."

Ich vernahm auf diese meine einfache Frage von meinem Großvater Begriffe und viele mir noch unverständliche Erklärungen, dadurch war ich ganz verwirrt und überfordert. Ich fragte deshalb auch nicht weiter nach, denn ich wollte allzu gern einmal etwas Besonderes tun, selbstständig mit Cäsar kutschieren! Diese praktischen Seiten im Umgang mit Pferden interessierten mich besonders stark. Rückblickend ziehe ich wiederum Parallelen zu heute. Schon mehrmals las ich in der Gegenwart Berichte, dass Sechsjährige, die also genau so alt sind wie ich damals war, mit dem Auto des Vaters verbotener Weise fuhren. Sie hatten die Autoschlüssel stibitzt und tatsächlich das Fahrzeug in Gang gebracht und waren auch teilweise längere Strecken gefahren oder verursachten dann Unfälle. Ich überlegte mir damals auch, wie ich Cäsar unbemerkt von Erwachsenen vor einen Wagen spannen und allein mit ihm über Land fahren könnte. Obwohl ich manchmal gelobt wurde, ich sei ein recht artiges und diszipliniertes Kind, brannten mir, als ich diesen Plan in die Tat umsetzte, die Sicherungen durch. Cäsar weidete sehr häufig allein im großen Garten unseres Nachbarn. Wenn ich am Zaun vorbeiging, kam er immer angaloppiert, er erhielt dann von mir ein oder auch mehrere Stück Zucker, die ich hierfür immer in der Hosentasche hatte. Mein Opa hatte mir gezeigt, wie man Pferden auf der flachen Hand die Zuckerstückchen gibt ohne gebissen zu werden. Es war mir immer eine richtige Freude, wenn ich die weichen Lippen des Tieres auf meiner Hand spürte und ich bewunderte wie geschickt Cäsar selbst kleine Würfel aufnehmen konnte. Ich wusste, er hätte mich nie mit seinen Zähnen verletzt. Eines Tages, während der „Heumachzeit", ein Wort, das nicht im Duden steht aber bei uns gern gebraucht wurde, wusste ich alle Erwachsenen auf den Wiesen. Ein Gewitter war im Anzug und das trockene Heu sollte noch schnell unter Dach und Fach gebracht werden. Dazu wurden alle Hände gebraucht. Ich wusste nicht, warum man Cäsar nicht zum Heueinfahren einspannte, jedenfalls er und ich brauchten dabei nichts tun. Wahrscheinlich waren wir beide in der Hektik vergessen worden. Ich weiß es nicht mehr ganz genau aber ich glaube auch, ich sollte daheim gründlich Schularbeiten machen; meine Übungen im Schönschreiben auf der Schiefertafel ließen manchmal zu wünschen übrig, denn meine diesbezüglichen Ergebnisse hatten in der Schule bereits zu schlechteren Noten geführt. Das alles konnte warten, denn es schien mir eine günstige Gelegenheit gekommen zu sein, mein heimliches Vorhaben zu verwirklichen, einmal allein mit dem Pferd zu kutschieren. Ich malte mir aus, vielleicht sogar plötzlich auf der Wiese aufzutauchen und einen kleinen Leiterwagen mit Heu zu beladen! Dadurch könnte ich mit helfen das Heu vorm einsetzenden Regen noch nach Haus zu bringen; also eine gute Tat vollbringen. Ohne zögern setzte ich meine Gedanken um, kletterte über den Gartenzaun, erfasste das Pferd am Halfter und führte es zum Stall. Dort fand ich das Geschirr, das ich ohne Mühe anlegen konnte, da mir das Tier alles sehr leicht machte, es senkte den Kopf zum überstreifen des Kummets, das sehr schwer war, aber wenn man unbedingt etwas will, dann besitzt man plötzlich große ungeahnte Kräfte. Auch das Anspannen am kleinen Leiterwagen gelang mir und ab ging die Fahrt Richtung Wiese. Ich saß auf dem Wagen und lenkte Cäsar wie ein Großer, dieser Umgang war mir bestens vertraut, weil ich das schon mehrmals geübt hatte. Bevor ich die weiteren für mich als Kind damals schrecklichen Erlebnisse schildere, muss ich hier noch einfügen, wie ich das Kutschieren gelernt hatte.

Bis Anfang der Vierziger Jahre wurde in unserem Ort täglich die Frischmilch auf einem Pferdewagen in großen Kannen vom so genannten Milchmann ausgefahren. Die Halteplätze des Fuhrwerkes lagen, je nach Häuserdichte, in den Straßen und Gassen höchstens 50 bis 80 m auseinander. Die Kunden brachten die eigenen Milchkrüge mit. Ich half beim Milchverteilen mit, weil ich auf dem Kutschbock sitzend die Zügel des Pferdes allein halten und das Tier lenken durfte. Mein Hantieren mit den Zügeln war aber meist gar nicht nötig, weil der kluge Gaul Weg und Halteplätze von allein kannte.

Ich hätte die Welt umarmen können, so freudig und stolz war ich auf der Fahrt Richtung Wiese. Cäsar trabte, das spürte ich regelrecht, munter dahin, ihn schien die Bewegung sehr gut zu tun. Plötzlich zuckte ein gewaltiger Blitz aus den Wolken zur Erde nieder und unmittelbar darauf folgte ein ganz ungeheuerlicher Donner. Heute, nach fast 80 Jahren, kann ich das weitere Geschehen nicht in allen Einzelheiten wiedergeben, aber das Wesentlich vergaß ich nicht. Vorm Donner fürchtete ich mich damals, wie viele Kinder bis heute, mehr als vorm Blitz. Mir war aber schon bekannt, dass der Blitzeinschlag ganz in der Nähe gewesen sein muss, wenn das Grollen sofort danach ertönt. Es hatte, das konnte ich beobachten, einen Pflaumenbaum getroffen. Der war vielleicht 20 Meter von uns entfernt und der Stamm durch den Blitz in zwei Hälften gespalten worden. Cäsar und ich waren aber derart erschrocken, dass ich die Zügel los ließ und vom Wagen in den Straßengraben sprang. Mir war plötzlich die Warnung durch den Kopf geschossen, die ich von Erwachsenen gehört hatte: „Bei schwerem Gewitter sollte man sich in Wald oder Flur an tiefe Stellen möglichst in Gräben, entfernt von Bäumen, legen, weil Blitze in der Regel in die höchsten Baumgipfel oder Masten einschlagen." Vielleicht war mein Abspringen vom Gefährt sogar mein Glück, denn das Pferd sauste erschrocken, alle Hindernisse missachtend, ab vom Weg aufs freie Feld. Es zog den umgekippten Wagen hinter sich her. Ich wäre buchstäblich unter die Räder gekommen, hätte ich nicht diesen Absprung gewagt. Kurze Zeit danach setzte ein ganz gewaltiger Regen ein und weitere Hinweise über Gewitter, die ich von den Großeltern gehört hatte, kamen mir in den Sinn: „Wenn es anfängt zu regnen ist die größte Gefahr vorbei, nur die so genannten Trockenblitze, die aus einer meistens noch unscheinbaren dunklen Wolke schießen, richten meist Verheerendes an." Ich wagte mich deshalb hoch um Ausschau zu halten, wo Cäsar hingerannt war. Weit und breit war nichts von Pferd und Wagen zu sehen. Durch das nun wütende Unwetter war allerdings auch die Sicht eingeschränkt. Wirr schwirrten und jagten mir die Gedanken durch den Kopf, das Tier würde, so befürchtete ich, weit entfernt schwer verletzt oder vielleicht sogar tot, irgendwo liegen. Das erhitzte Pferd und Eisenteile am Wagen hatten vielleicht auf der weiten Flur bestimmt einen Blitz angezogen. Geschichten über ähnliche Unfälle hatte mir mein Großvater schon erzählt und davor gewarnt, während eines Gewitters mit einem Pferdegespann übers Land zu fahren. Nun war guter Rat teuer, nach welcher Richtung sollte ich auf die Suche gehen, rundum blitzte und donnerte es noch immer, allerdings war das Gewitter nicht mehr ganz in der Nähe, das verrieten mir die größeren Abstände zwischen Blitz und Donner. Im Übrigen bestand aber auch die Möglichkeit, dass Cäsar heim wollte und vielleicht zum Stall geflüchtet war. So rannte ich nach Hause. Meine Vermutung stimmte, vor der Stalltür stand das erschöpfte Tier. Es hatte den völlig zertrümmerten Leiterwagen auf dem ganzen Weg hinter sich her gezogen, schien sich aber nicht ernstlich verletzt zu haben. Ich war fast gleichzeitig mit den Leuten angekommen, die das Heufuder auf der Wiese noch beladen, es aber nun nicht mehr im Trockenen heimgebracht hatten. Alle, auch die beiden Pferde vorm Heuwagen, waren pitschenass und der Landwirt betrübt, weil das schöne Wiesenheu nass geworden war. Ich stand ganz bedeppert da, als sich dann alle Blicke auf mich und das angerichtet Unheil lenkten. Nun musste ich beichten. Ich dachte dabei an die Worte meiner Großmutter, die mir immer sagte: „Ehrlich währt am längsten." Unumwunden ohne irgendwelche Ausreden sagte ich, was ich getan hatte. Dem Bauern ging es in erster Linie um die Frage, ob Cäsar unverletzt geblieben war – er führte ihn in den Stall und untersuchte ihn gründlich. Ein großes Glück, bis auf einige kleine Schürfwunden war alles in Ordnung und es brauchte kein Tierarzt gerufen zu werden. Auch ich war sehr erleichtert, denn wenn meinem Lieblingspferd etwas Schlimmes passiert wäre, das hätte ich mir kaum verzeihen können. Nach meinem Geständnis und dem Blick auf den zerstörten Leiterwagen sagte der Mann: „Eigentlich hättest du eine tüchtige Tracht Prügel verdient, aber mir ist bekannt, dass dir in eurer Familie der Hintern bisher noch nicht versohlt wurde, darum darf ich das auch nicht tun. Es juckt mir aber in den Händen! Ich werde aber mit deinen Eltern reden, dass du für die Reparatur des Wagens aufkommen musst. Vielleicht können dein Vater und Großvater, die im Handwerklichen sehr geschickt sind, dafür selbst einiges tun." Dieser erste Teil der Strafe war also glimpflich verlaufen und nun galt es zu hause meine Fehler und Unfolgsamkeit zu bekennen. Von meiner Oma kannte ich auch den Spruch: „Was sagt man zu geschehenen Dingen? – Immer das Beste." Außerdem war sie stets sehr verständnisvoll. Ihr berichtete ich deshalb als Erste alles ausführlich und ehrlich. Sie fragte ich auch, was ich wohl tun wolle, um mein Vergehen wieder gut zu machen. Vor allem wollte ich verhindern, dass mir vielleicht künftig der Umgang mit Tieren, besonders mit Cäsar meinem Lieblingspferd, verboten wird. Sie wusste auch sofort Rat. Es war inzwischen gegen Abend geworden, mein Vater von der Arbeit nach Hause gekommen und auch mein Großvater war wegen des Gewitters, das sich allerdings nun verzogen hatte, nicht mehr außerhalb beschäftigt. Großmutter beorderte sofort die ganze Familie in die Wohnküche und ich musste vor allen Familienmitgliedern nochmals mein falsches Verhalten bekennen. Sofort nach meinem Bericht wollte meine Mutter festlegen, was ich künftig alles nicht mehr tun dürfte. Meine Oma besänftigte sie. Mahnende Worte musste ich jedoch von allen über mich ergehen lassen und mir wurde eindringlich bedeutet: Ich wäre doch schon vernünftig genug um zu wissen, dass meine Kräfte noch nicht ausreichen ein Pferd in jeder Situation zu zügeln; ich sollte deshalb künftig nur in Begleitung von Erwachsenen kutschieren. Mein Opa hatte stets Sprüche parat, an die ich mich bis heute erinnere, er sagte damals: „Du solltest dir hinter die Ohren schreiben: `Erst denken, dann handeln und lenken´.“ Ich hatte Schlimmeres erwartet und war doch etwas erleichtert als ich erfuhr: Die Wagenreparatur wollten Vater und Großvater in Ordnung bringen aber ich musste hierfür die nächsten Monate einen Teil meines Taschengeldes für den Kauf von nicht selbst herzustellenden Teilen beisteuern. Ich glaube, ich bekam damals monatlich 1 Mark und hin und wieder von Verwandten, die uns besuchten oder wenn ich eine nützliche Arbeit verrichtet hatte, einige Groschen. Auf die Hälfte von diesem meinem Geld musste ich die nächste Zeit verzichten. Das war nicht leicht, hatte ich doch auch begonnen für ein neues Fahrrad zu sparen – damit verschob sich die Erfüllung dieses Wunsches. Man wollte insgesamt mein Verhalten die nächste Zeit beobachten um festzustellen, ob ich die richtigen Lehren gezogen hätte.

Vorahnungen und Eigenheiten von Tieren

An ein Erlebnis während meiner Kindheit in den 1930er Jahren muss ich noch oft denken, weil ich seither mehrfach erlebte, dass Tiere manche Naturerscheinung früher spürten als wir Menschen.

Eines Tages im Hochsommer stiegen in der Ferne Gewitterwolken auf. Wir sputeten uns deshalb, mit dem Aufladen des trockenen Heues schnell fertig zu werden. Die Blitze sahen in den schwarzen Wolken sehr gespenstisch aus aber das besonders von uns Kindern so stark gefürchtete Donnergrollen war noch nicht sehr laut. Im Schulunterricht hatte ich gelernt, dass sich Licht und Schall mit unterschiedlicher Geschwindigkeit ausbreiten; aus dieser Differenz kann man annährend berechnen, wie weit ein Gewitter noch vom Aufenthaltsort entfernt ist. Mein Großvater nannte mir hierfür eine einfache Methode: „Beim Aufleuchten eines Blitzes zählt man beginnend mit 10 weiter bis der Donner ertönt – eine Zahl entspricht so ungefähr einer Sekunde. Die dabei ermittelte Anzahl Ziffern gleicht der Entfernung des Gewitters in Kilometern."

Schon längere Zeit spürten wir an diesem Tag die schwüle Gewitterstimmung, wir schwitzten am ganzen Körper. Die Pferde konnten sich der stechenden Insekten (Bremsen) kaum erwehren und waren sehr unruhig. Der 7jährige Wallach Hans, ein sehr ruhiges ausgeglichenes Tier, war ungewöhnlich aufgeregt und ließ sich kaum halten. Ein Moment Unachtsamkeit genügte und er ging gemeinsam mit dem Sattelpferd Fritz durch. Mein Großvater hatte auf dem Leiterwagen das Heu gestapelt, er getraute sich nicht abzuspringen, obwohl das noch nicht fertig beladene Fuder keineswegs hoch war. Bedrohlich schwankte die Fuhre, die die Pferde über die holprigen Feldwege in großer Geschwindigkeit Richtung Hof und Scheuer zogen. Wir rannten alle hinterher, bekamen aber die Leine nicht wieder zu fassen und hatten Glück, dass die Tiere in der Scheune von selbst halt machten. Dort angekommen, brach auch schon das Unwetter mit ungeheurem Sturm, Blitz und unmittelbar darauf folgendem Donner über uns herein. Kurz vorm Anwesen führte der Weg durch eine Kastanienallee. Dort sahen wir vom Haus aus, wo wir noch rechtzeitig Schutz gefunden hatten, starke große Äste abbrechen und herunterfallen, diese hätten durchaus gereicht Menschen oder Tiere zu erschlagen. Ein Blitz schlug sogar im höchsten sehr alten Baum ein. Das Pferd Hans hatte uns durch seine Vorahnung und Unfolgsamkeit vor großem Unheil bewahrt. Er wurde deshalb nicht bestraft, sondern gelobt.

Dabei kann ich noch ergänzen, dass Hans als Einjähriger in den Bauernhof kam. Vorher war es für das Pferd Fritz manchmal zu schwer allein den Ackerpflug zu ziehen. Da spannte man damals auch Ochsen dazu. Die sind aber immer etwas störrischer als Pferde und mir schien es, dass Fritz recht glücklich war, als er Hans als Spanngefährten bekam. Von Ochsen will ich deshalb noch eine Geschichte erzählen. Wir erlebten, dass sich unserer, den wir Adolf nannten, oft unmittelbar ohne ersichtlichen Grund, auf den Boden legte und nicht bereit war wieder aufzustehen. Übrigens hatte ich mich wegen des Namens mehrmals zu rechtfertigen und musste bestätigen, dass die Namensgleichheit mit dem Führer ohne Absicht rein zufällig entstand; schon lange vor der Hitlerzeit waren bei uns männliche Tiere so benannt worden. Wenn Adolf seinen Rappel bekam half kein Zerren, Stoßen, Schlagen oder Schreien ihn zum Aufstehen zu bewegen. Allein unserem Nachbarn gelang es hier Abhilfe zu schaffen. Er beugte sich über das liegende Tier und flüsterte ihm etwas ins Ohr, der Ochse blinzelte mit den Augen und stand auf. Die Worte oder insgesamt seine Methode verriet er niemanden. Es grenzte fast an Hexerei, was dieser Mann auch im Umgang mit anderen ungehorsamen Tieren fertig brachte.

Über „Tierflüsterer", die Pferde, Rinder, Hunde und andere Haustiere von Verhaltensstörungen heilten, wurden in der Neuzeit verschiedene Geschichten veröffentlicht. Während meiner Kindheit in den 1930er Jahren gab es auch Menschen mit solchen Fähigkeiten, die nur nicht „Flüsterer" hießen, ihre Taten wurden allerdings auch keinem so großen Publikum bekannt wie heute.

Pferde sehen uns als Riesen

Niemand konnte bisher bis ins letzte ergründen, was Pferde oder überhaupt Tiere, tatsächlich sehen. Selbst bei uns Menschen streiten sich die Wissenschaftler darüber, ob die Bilder, die wir aufnehmen, auch der Wirklichkeit entsprechen. Das Gesehene wird in unserem Gehirn aus Wahrnehmungen und bisherigen Erfahrungen zusammengesetzt und zu Bildern verarbeitet. Insgesamt ein recht komplizierter Vorgang mit dessen Erklärung wir aber auch nicht beweisen können, ob uns Pferde als Riesen sehen. Diese den Gäulen zugeschriebene Eigenschaft erfuhr ich von meinem Großvater, er hatte dieses aber auch schon von seinen Eltern und Großeltern gehört. Die Begründungen, die ich damals als Kind nach manchen Debatten akzeptierte, waren letztlich einleuchtend. Mein Opa schätzte Pferde über alle Maßen, er sagte mir, diese seien nach den Elefanten die schönsten, stärksten und kräftigsten Tiere auf der Welt. Dem widersprach ich allerdings und führte ins Feld, dass Bisons, Büffel, Wisente, Stiere der Rinder und Nashornbullen wohl ebenso stark und kleineren Pferden, z. B. den Ponys, sogar überlegen wären. Er meinte aber, dass er an schwere Kaltblutpferde dachte, die nach Größe und Gewicht unter den Landtieren immer mit an vorderster Stelle rangieren würden; obwohl gerade aber diese gewaltigen Pferde sehr ruhig und den Menschen gegenüber meistens friedlich sind. Nicht in den Vergleich mit einbeziehen wolle er aber die Wale, Krokodile und andere Wasserbewohner. Er versuchte sonst immer alles korrekt zu erklären, beendete hier jedoch die weitere Diskussion; so kannte ich ihn bisher gar nicht, aber wenn es wahrscheinlich um seine geliebten Pferde ging, dann duldete er keinen Widerspruch.

Mein Großvater sagte schon damals: „Wenn die starken und kräftigen Pferde uns Menschen in der tatsächlichen Größe sehen würden, hätten sie sich nie zähmen und zu Haustieren machen lassen. Weil sie aber vermuteten, in uns übergroße Wesen vor sich zu haben ordneten sie sich schließlich unter und gehorchten unserem Willen." Ich fragte seinerzeit, aber warum sollen uns die Pferde gerade siebenmal größer sehen? Auch darauf wusste mein Opa eine Antwort und erklärte recht weitschweifig: „Sieben ist eine magische und wichtige Zahl, sie spielt in der Bibel (7 Tugenden – 7 Todsünden) und in vielen bekannten und berühmten Märchen – die sieben Zwerge, das tapfere Schneiderlein erlegte sieben auf einem Streich usw. - eine große Rolle. Wenn man sich Gegenstände merken soll, dann klappt das meistens bis sieben. Sie ist für manche Menschen eine Glücks- aber für andere auch eine Unglückszahl. Alle Menschen behalten diese Zahl am besten im Gedächtnis. Nachdem die Pferde Haustiere geworden waren mussten die Menschen mit ihnen entsprechend umgehen, sie besonders als Zug- und Reittiere abrichten und nutzen. Viele hatten dabei

Angst vor diesen großen Tieren. Wenn sie aber hörten, ihre Gestalt sei in den Augen der Pferde siebenmal größer als in Wirklichkeit, verflog alle Furcht. Diese bekannte wichtige Zahl ließ sich gut merken und weitere Zweifel an der Realität dieses Phänomens wurden zurück gedrängt."

Ich kann durch eigenes Erleben bestätigen, ich hatte nie Angst vor Pferden, weil ich auch fest davon überzeugt war, sie sehen mich siebenmal größer. Das half mir auch mit dem sehr großen Pferd Fritz mutig und furchtlos umzugehen. Zum Kriegsende 1945 fielen in der Landwirtschaft die Gefangenen als Arbeitskräfte aus und die Männer waren zum größten Teil noch im Kriegsdienst und anschließend in Gefangenschaft der Siegermächte. In diesem Frühjahr musste ich deshalb als 14jähriger auf dem Bauernhof wie ein Erwachsener mitarbeiten. Es war mir immer sehr beschwerlich dem großen Pferd Fritz, mit dem ich die Feldbestellung und viele landwirtschaftliche Arbeiten durchführte, das Geschirr, insbesondere das Kummet, anzulegen. Das Tier unterstützte mich dabei, indem es den Kopf senkte und sich auch sonst so verhielt, dass mir das Einspannen und insgesamt der Umgang mit ihm nicht zu schwer fiel. Fritz und ich hatten, um es nach menschlichen Beziehungen zu benennen, ein richtiges harmonisches Verhältnis. Er wieherte wenn ich den Stall betrat und ich hatte den Eindruck, dass er sich immer auf unser Zusammensein freute. Ich nehme an, dieses Pferd sah mich auch als Riesen, das stellte ich mir zumindest, beeinflusst durch die Hinweise meines Großvaters und der Kenntnis einschlägiger Märchen in meiner Phantasie so vor. Mein Opa erklärte mir auch, was besonders beim Umgang mit Pferden noch zu beachten ist: „Sie haben durch die an ihrem Kopf seitlich angeordneten Augen eine anders geprägte Blickrichtung als wir Menschen. Zur Seite und nach hinten haben sie einen ausgezeichneten Blick, während sie alles was sich direkt vor oder unter und über ihnen über Augenhöhe befindet oder tut nur schlecht sehen oder wahrnehmen. Das ist wichtig zu wissen, wenn man sich Pferden nähert, deshalb sollte man sie dabei immer vorher mit bekannten Worten, z. B. ihren Namen oder häufig gebrauchten Kommandos, ansprechen."

Kurz vor Kriegsende wären das Pferd und ich aber bald noch Opfer eines Tieffliegerangriffs amerikanischer Jagdflugzeuge geworden. Auf einem Feld, das auf einer Anhöhe liegt und an einen Wald grenzt, der bis ins nahe gelegene Tal reicht, pflügte ich den Acker zur Vorbereitung für das so genannten Kartoffellegen. Ich hatte den Ackerwagen am Feldrand abgestellt und zog mit Pferd und Pflug die Furchen. Glücklich und zufrieden fühlte ich mich, das Tier befolgte alle meine mündlichen Befehle, ich benutzte kaum die Zügel, die ich nur locker in der Hand hielt; außerdem verrichtete ich eine nützliche Arbeit. Die Idylle fand ein jähes Ende, plötzlich, noch bevor ich etwas gemerkt hatte, rannte Fritz davon, die Leine wurde mir aus der Hand gerissen. Über mir dröhnte es, Erde spritzte auf und neben mir schlugen Geschosse ein. Das Ereignis traf mich völlig unerwartet, die heranjagenden Flieger kamen unbemerkt aus dem Tal über die Bergkuppe. Fritz hatte wahrscheinlich früher als ich die herannahenden Flugzeuge gehört. Dass Pferde ein sehr gutes, ja besseres Gehör als wir Menschen haben wusste ich auch von meinem Großvater, der immer sagte: „Pferde braucht man nicht anschreien, die hören alles besser als wir." In großer Angst rannte ich zum Ackerwagen, unter den ich mich verkroch. Die Flugzeuge drehten eine Runde, kamen zurück, schossen aber nicht wieder. Ich konnte den Beschuss überhaupt nicht begreifen, die Piloten mussten doch gesehen haben, dass wir absolut kein kriegswichtiges Objekt waren! Das Pferd hatte beim Wegrennen den Pflug hinter sich hergezogen und stand zitternd und erschöpft in ungefähr 200 m Entfernung im Straßengraben. Erfreulicher Weise war es nicht verletzt, aber den ängstlichen Blick des Tieres kann ich nicht vergessen. Ob es mich dabei auch als Riese sah, weiß ich nicht, aber mit heutigen langjährigen Erfahrungen ist mir bewusst, Angst berührt Mensch und Tier gleichermaßen. Fritz ließ sich von mir beruhigen und zurück an den Wagen führen. Ich beendete die Feldarbeit, denn die Gefahr war zu groß geworden."

Tiere erziehen Kinder - Kinder erziehen Tiere

Es erscheint fast verwegen, wenn ich heute behaupte, dass ich mit Hilfe der Hauskaninchen, Legehennen und einem Hahn, die ich ab einem Alter von 6 Jahren zur selbständigen Pflege und Betreuung bekam, erzogen wurde. Gleichermaßen geschah diese Erziehung durch meinen Umgang mit unseren Hauskatzen. Andererseits lernte ich aber auch, wie man diesen Tieren gewünschtes Verhalten beibringen, sie also erziehen konnte.

Schon als Vorschulkind erhielt ich ein Stück Garten, ca. 150 qm groß, für das ich eigenverantwortlich war und wo ich nach eigenem Ermessen arbeiten und gestalten konnte. Den größten Teil nahm eine Grasfläche ein, die ich für die Grünfutter- und Heugewinnung nutzte. Von dort erntete ich den Großteil des Futters für meine in eigener Obhut und Pflege befindlichen Hauskaninchen.

Neben meinem Garten befand sich ein kleiner Teich (ca. 15 m Durchmesser), ein so genannter Himmelsteich, d.h. er füllte sich nur durch Regenwasser. Meine Bemühungen, dort drin Süßwasser-Speisefische zu züchten und zu mästen waren recht kläglich, weil die Wasserqualität zu wünschen übrig ließ. Die Wasseroberfläche war mit so genannter „Entengrütze" zugewachsen. Das sind Teichlinsen, die als ein wertvolles vitaminreiches Zusatzfutter für Hühner und Enten gelten. Das Futter verwendete ich für die 6 Hühner und den Hahn, die ich halten durfte. Als Rasse wählte ich „Schwarze Italiener". Das sind sehr schöne Tiere mit glänzenden schwarzen Federn und besonders der Hahn hat einen schönen roten wohlgeformten Kamm. Mein Onkel züchtete als „Kleinsiedler" solche Tiere und von ihm bekam ich auch die Küken. Enttäuscht war ich, dass ich dann als 13jähriger bei einer Geflügelausstellung, auf der ich meine Tiere mit vorstellte, keinen Preis erhielt. Mir schienen meine Hühner und der Hahn die schönsten und makellosesten Exemplare zu sein. Danach brachte ich meine Tiere nur noch auf Hühner- und Taubenmärkte, wo keine Einstufung durch Preisrichter erfolgte. Hier konnte ich hin und wieder aus der Nachzucht meines Tierbestandes einige Hühner oder Kaninchen verkaufen. Das Geld durfte ich zu Verbesserungsmaßnahmen in meiner Kleintierhaltung und zur Aufbesserung meines Taschengeldes verwenden. Diese Märkte waren übrigens in vielen Dörfern meiner Heimat bekannt und berühmt und diese Tradition wird heute erfreulicher Weise wieder stark belebt.

Ich hatte Kleinsilberkaninchen, (erwachsene Tiere werden im Durchschnitt nur 3kg schwer), sie zählen zu den kleineren Rassen, sind aber noch keine Zwergkaninchen, wie sie heute vielfach von Kindern in Wohnungen gehalten werden. Ich fragte damals meinen Großvater: „Warum müssen die Kaninchen immer in einem engen Stall leben, aber die Katzen dürfen überall rumstromern?" Er überlegte relativ lange, bevor er antwortete: „Das liegt an der Tierart und wozu wir Menschen die Tiere nutzen. Katzen müssen und wollen Mäuse fangen, wenn wir sie einsperren können sie das nicht tun. Kaninchen halten wir, um ihr Fleisch zu essen, sie brauchen und dürfen sich deshalb nur wenig bewegen, damit sie schnell dick und fett werden." Ich war noch nicht zufrieden und hakte nach: „Aber die Wildkaninchen, du hast mir gesagt, unsere Kaninchen stammen von denen ab, rennen doch auch draußen auf der Wiese, dem Feld und im Wald rum. Sie werden auch von den Jägern abgeschossen und das Fleisch dann gegessen – aber Katzenfleisch essen wir nicht." An den genauen Wortlaut seiner Antwort kann ich mich nicht mehr erinnern, aber sinngemäß sagte mein Großvater, der das meiste mit der Bibel zu erklären versuchte: „Der liebe Gott hat bei der Erschaffung der Welt bestimmt: `Die Tiere seien dem Menschen untertan.´ So hat er festgelegt und das hat sich im Laufe der Zeit immer weiter entwickelt, wozu die einzelnen Tiere in der Welt gebraucht werden." " Deshalb wurden wohl auf der Arche Noah auch alle Tiere, die es gibt, für das Weiterleben gerettet?" fragte ich. „Ja, sie alle erfüllen einen Zweck. Ich glaube sogar, das ist den Tieren eingegeben, ohne dass sie es wissen. Sie spüren aber, wenn sie in unserer Obhut sind, ob wir sie auch richtig behandeln, denn das wurde uns auch durch göttliche Gesetze aufgetragen." So ganz hatte ich seine ausladenden Erklärungen nicht verstanden, gab mich aber zufrieden und meinte: „Trotzdem gefällt es mir nicht, wenn eines meiner Kaninchen geschlachtet und das Fleisch gegessen wird, mir würde das absolut nicht schmecken. Ich denke aber auch, dass sich meine Kaninchen bei mir wohl fühlen, weil ich sie mit schmackhaften Sachen füttere, den Stall ausmiste und mit frischem trockenem Stroh einstreue. Auch unsere Katze Putzi kann mich bestimmt besonders gut leiden, denn wenn sie eine Maus gefangen hat, kommt sie häufig zu mir, um ihre Beute zu zeigen."

Rückblickend stelle ich fest: Ich hatte den Eindruck, dass mich meine Hühner und Kaninchen ganz genau kannten. Sie hatten sich an die regelmäßigen Fütterungszeiten gewöhnt, ich konnte einzelne Tiere sogar anfassen, während sie vor Fremden grundsätzlich ausrissen. Die Hennen ließen es sich gefallen wenn ich ihren Leib abtastete um festzustellen, ob sie bald ein Ei legen würden oder begaben sich zu den regelmäßigen Zeiten nach meiner Aufforderung in ihren Stall. Wenn die Häsinnen geworfen hatten durfte ich im Nest sogar nachschauen, wie viel Kleine geboren wurden. Das tat ich, obwohl mein Opa gesagt hatte, wenn Neugeborene durch Menschenhände berührt werden, werden die kleinen Kaninchen von ihren Müttern nicht angenommen. Bei mir geschah das nicht, vielleicht hatte ich sie unbewusst entsprechend erzogen oder sie vertrauten mir.

Kurzum, durch meine eigene Kaninchen- und Hühnerhaltung lernte ich den richtigen Umgang mit diesen

Tierarten und nahm Einfluss auf ihr Verhalten. Außerdem lernte ich Tiere zu erziehen und wurde durch die Tierbetreuung zu einer freiwilligen Pflichterfüllung erzogen.

Kindheitserlebnisse zur Berufsvorbereitung

Während meiner Kindheit lernte ich eine Reihe Tätig-
keiten kennen, mit denen ich mich ein wenig auf meinem späteren Beruf als Tierarzt vorbereiten konnte,
obwohl ich damals noch nicht wusste, dass ich diesen
Berufsweg einschlage. So habe ich als 13 bis 14jähri-
ger nicht nur bei uns, sondern auch bei Bauern und
Häuslern in der Nachbarschaft männliche Kaninchen
kastriert und Hähnchen kapaunisiert. Noch recht gut
erinnere ich mich an die Probleme bei diesen Tätig-
keiten.

Kapaune sind kastrierte Masthähnchen, deren wohl-
schmeckendes besonders mildes, weißes und fettes
Fleisch in der feinen Küche geschätzt wird. Früher
fand man solche Gerichte besonders auf Speisekarten
von Adligen und reichen Leuten. Es ist überliefert,
dass die Kapaune in der Zeit des Mittelalters neben
Geld als so genannter Kapaunerzins Teil des „Zehnt"
und später auch im Deputatlohn für Beamte mit ent-
halten waren.

Während meiner Kindheit gab es auf den Bauernhöfen
sehr viele Hähnchenküken. Ich erinnere mich, dass
mein Großvater sagte: "Leider sind fast immer die
Hälfe der ausgebrüteten Hühnerküken Hähnchen, für
10 Hennen wird aber nur ein Hahn gebraucht. Die
Mast dieser überzähligen Tiere, um dann das Fleisch
zu verwerten, ist schwierig. Sie sind untereinander
und auch insgesamt im Tierverband sehr kampflustig

und lassen sich nur schwer aufziehen. Es würde mir aber in der Seele Leid tun die überzähligen männlichen Tiere zu töten, denn für jedes geschlüpfte Hähnchen wurde auch ein Ei gebraucht. Es muss doch möglich sein, genau wie bei Ferkeln, die Hähnchen zu kastrieren. Ich habe gehört, das sollen dann Kapaune sein, bei denen kein Geschlechtstrieb mehr feststellbar ist und sie könnten problemloser gemästet werden." Für Neues war ich schon als 13jähriger sehr aufgeschlossen und ich kaufte mir von meinem Taschengeld ein Fachbuch, in dem diese Probleme beschrieben waren. Außerdem fragte ich einen uns bekannten Tierarzt, ob er mir das Kapaunisieren zeigen und beibringen könnte. Ich hatte mir auf Grund der Empfehlungen im Buch dazu heimlich schon die notwendigen Geräte angeschafft. Der Veterinär hatte zunächst Bedenken, dass ich als 13jähriger diese Aufgabe schon bewältigen könnte, spürte aber meinen Eifer und er war deshalb bereit, mir Anleitungen zu geben. Nachdem ich bei uns mit Erfolg 10 Hähnchen kapaunisiert hatte wurden auch die Nachbarn neugierig und bald war ich in unserem Ort ein gefragter Mann für diese Tätigkeit.

Ohne Betäubung werden bei den etwa 12 Wochen alten Hähnen mit einem kleinen Schnitt die Bauchhöhle geöffnet und mit einem Spezialinstrument die Hoden herausgenommen. Als Tierschützer lehne ich heute diesen Eingriff ab, weil er jetzt auch vorwiegend nur wegen der vermeintlichen Genusssteigerung durchgeführt wird. Derzeit werden in Deutschland kaum noch Hähnchen kastriert und die wenigen im Fachhandel angebotenen Kapaune stammen aus dem Ausland. Dort erfolgt allerdings diese Operation auch ohne Narkose. In der Neuzeit werden die für die Hähnchenmast nicht geeigneten überzähligen Tiere im Kükenalter auf grausame Art und Weise getötet; das ist eine ebenso strikt abzulehnende Handhabung gegen die bis heute viele Tierschutzorganisationen Front machten; durchschlagende Erfolge blieben jedoch aus. Als etwa 13jähriger durfte ich auch zusehen, wenn die Ferkel kastriert wurden. Ich hätte am liebsten mit geheult und mir die Ohren zugehalten, wenn ich die kleinen erst wenige Wochen alten Tierchen quietschen, ja manchmal sogar schreien, hörte. Den Eingriff, der auch bis heute ohne Bedeutung erfolgen darf, besorgten die so genannten Schweineschneider. Warum ich mich trotz dieser Erlebnisse, nach denen ich Tiere schmerzvoll leiden sah, auch dazu hergab dann als Heranwachsender Kaninchen ohne Betäubung zu kastrieren, weiß ich nicht mehr. Ich erinnere mich, dass man damals mit Fragen des Tierschutzes besonders auf dem Lande etwas großzügiger umging als heute. Ich wusste in jener Zeit nicht einmal, dass es schon ein Tierschutzgesetz gab. Nach heutigen Recherchen ist mir bekannt, dass während der Hitlerzeit in Deutschland dieses spezielle Gesetz eines der fortschrittlichsten in der Welt gewesen sein soll. Nach diesen Ermittlungen vermag ich deshalb heute einige

Kindheitserlebnisse exakter entsprechend des damaligen Zeitgeistes einzuordnen, zu beurteilen und als
Zeitzeuge darzustellen.

Zunächst noch einiges zur Kaninchenhaltung, die
während meiner Kindheit in den letzten Kriegs- und
ersten Nachkriegsjahren in vielen Fällen nicht tierge-
recht war. Das Fleisch dieser Tiere war bei eigener
Aufzucht und Mast eine zusätzliche Quelle in der
Nahrungsmittelversorgung. Es wurde im Rahmen der
Lebensmittelrationierung nicht angerechnet. Bei uns
zu hause standen deshalb in dieser Zeit wöchentlich
auch mindestens 1 bis 2 Mal Speisen mit Kaninchen-
fleisch auf dem Tisch. Meine Großmutter war eine
wahre Künstlerin bei der Herstellung der unterschied-
lichsten Gerichte aus diesem Fleisch. Trotzdem esse
ich es bis heute nicht mehr besonders gern.

Schon als etwa Zehnjähriger war ich beim Schlachten
dieser Tiere anwesend und musste teilweise sogar mit-
helfen, obwohl es ein Gesetz gab, nachdem bei Tier-
schlachtungen Kinder bis zu einem Alter von 14 Jahren nicht zusehen durften. Diese Bestimmungen wurden insbesondere bei Hausschlachtungen von Klein-
tieren und Schweinen bei Bauern und Kleinsiedlern in
den seltensten Fällen eingehalten. Mein Opa, der bei
uns das Kaninchenschlachten besorgte, legte immer
großen Wert darauf die Tiere vor dem Blutentzug
richtig und sachgerecht, soweit das überhaupt möglich
war, zu betäuben. Dem war nicht überall so, ich sah
damals bei einigen Leuten, dass sie die Kaninchen

beim Schlachtvorgang regelrecht zu tote quälten. Es waren vor allen diejenigen, die keine Ahnung von der Tierhaltung hatten.

Die Zuteilungen auf Lebensmittelmarken reichten nicht und viele Leute hungerten. Es wurde deshalb versucht zusätzliche Quellen für Essbares zu erschließen. Kleintierhaltung war hierfür das Zauberwort, auch wenn oft keine Voraussetzungen – Ställe oder zumindest geeignete Unterbringungsmöglichkeiten, richtiges, ausreichendes Tierfutter und vor allem Grundkenntnisse in der Tierhaltung – vorhanden waren. Diese meine diesbezüglichen Kindheitserlebnisse veranlassten mich 1952 als Student der Veterinärmedizin ein kleines Buch über das sachgerechte Kaninchenschlachten zu veröffentlichen – über diesbezügliche Einzelheiten und artgerechte Haltungsbedingungen habe ich schon in bisherigen Publikationen berichtet.

Was ich aber damals auch bei manchen Bauern und Kleinsiedlern bei der Kaninchenzucht und -haltung sah, erschütterte mich schon als Kind. In einigen Fällen wurden Kaninchen unkontrolliert in Gruppen von 10 bis sogar 50 Tieren ohne Trennung nach Geschlechtern in sehr primitiven Unterkünften gehalten. So vermehrten sich die Kaninchen vielfach auch durch Innzucht; Krankheiten und kümmernde Tiere blieben deshalb nicht aus. Vielleicht sah ich damals schon als Kind unbewusst, es gab in diesen Fällen zur Kastration der männlichen Tiere, auch Rammler genannt, fast keine Alternative. Man war mir Halbwüchsigen deshalb dankbar, dass ich anbot, die männlichen Kaninchen für einen geringen Obolus zu kastrieren, denn eine diesbezügliche tierärztliche Leistung wäre den Tierbesitzern zu teuer gewesen. Betäubungsmittel durften auch schon damals nur Tierärzte anwenden und ich führte diesen kleinen Eingriff ohne Narkose durch. Darüber ärgere ich mich heute, weil Eingriffe bei allen Wirbeltieren nur unter Betäubung erfolgen sollten – diese Tier empfinden Schmerz wie wir Menschen.

Wellensittich – Jahrgang 1944

Zur 6. Kriegsweihnacht 1944 fiel es den Eltern schwer, Geschenke für die Kinder zu finden, alles war knapp. Ein findiger Geschäftsmann betrieb eine Wellensittichzucht und hatte in dieser Zeit guten Absatz, weil er außerdem die Jungvögel schon handzahm abgab. Hierfür hatte er einige Schulkinder für wenige Pfennige Lohn angestellt, die sich mit den Nestjungen ca. 5 Wochen alten Vögeln alle Mühe gaben, ihnen die Scheu vor Menschen zu nehmen. Den Körnern, die ihnen auf der Hand gereicht wurden und den Petersilienstängeln konnten die kleinen Tierchen nicht lange widerstehen, zumal sie sahen, dass ihre älteren Geschwister keine Angst vor Menschenhänden hatten. Ich machte besonders eifrig bei dieser Tätigkeit mit. Ich war hocherfreut, als ich am heiligen Abend einen blauen Wellensittich, der gerade 6 Wochen alt war in einem Bauer auf dem Gabentisch vorfand. Daneben an dem geschmückten Christbaum glitzerte sogar Lametta. Kein echtes, das gab es nicht zu kaufen, sondern Silberfäden, die von den feindlichen Flugzeugen abgeworfen, und von den Kindern aufgesammelt wurden. Es hieß, mit diesen Materialien könnte der Funkverkehr für die Fliegerabwehr gestört werden. Der Vogel verließ seinen Käfig, er erkundete die Umgebung und übte auch das Sitzen auf dem Tannenbaum. Als die Familie am Tisch Platz nahm setzte er sich auf meine ihm entgegen gestreckte schon vertraute Hand.

Plötzlich verhielt sich der Wellensittich ganz eigenartig, ließ den Kopf hängen und fiel tot in die Hand des Knaben. Alle waren sehr bestürzt und konnten sich die Ursache dieses plötzlichen Todes nicht erklären. Später, ich war Tierarzt geworden, konnte ich alles aufklären und auch künftig die Tierhalter zur Verhinderung solcher Unfälle beraten: „Wellensittichen gefällt das glitzernde Lametta am Weihnachtsbaum, sie picken daran und verschlucken dabei sogar manchmal lange Fäden. Abgesehen von der Toxizität können diese eine Kropfverstopfung verursachen, die zum Erstickungstod führen kann."

So endete der sehr kurze Lebenslauf eines Vogels, der bestimmt in der Familie, in die er gekommen war, ein langes schönes Leben gehabt hätte.

Henne Paula - Jahrgang 1943

„Das gibt's nur einmal, das kommt nicht wieder, das ist zu schön, um wahr zu sein..." Der Anfang dieses bekannten Schlagers könnte der Leitspruch für den Lebensweg der Henne Paula sein, die im Sommer 1943 unter einer lebenden Glucke aus dem Ei schlüpfte. Ihre Eltern waren reinrassige „Schwarze Italiener". Ich züchtete in einem kleinen Bauernhof in einer Ostthüringer Kleinstadt solche Tiere. Den Hahn, den wirklichen feststellbaren leiblichen Vater von Paula, hatte ich auf einer Geflügelausstellung erworben, ein mit einer Silbermedaille preisgekröntes Tier. Der Goldmedaillenträger und Ausstellungssieger wäre zu teuer gewesen, aber hinsichtlich des stolzen Gebarens war der gekaufte Gockel unübertroffen. Außerdem zeichneten ihn aus: Schwarzes glänzendes Gefieder, wohlgeformter, kräftiger Körper und rassegerechter roter Kamm. Die 8 Hennen, die er befehligte, bewachte und betreute fühlten sich unter seiner Obhut sichtlich wohl, die Eier, die sie legten waren befruchtet, wogen mehr als 60 Gramm und besaßen äußerlich eine glatte ebene Schale. Die tatsächliche leibliche Mutter Paulas konnte nicht ermittelt werden, ich hatte die für die Nachwuchsgewinnung auszuwählenden Bruteier nicht extra gekennzeichnet, alle Hühner der Zuchtlinie besaßen eine einwandfreie Abstammung und untadelige Rassemerkmale; deshalb erübrigte sich die besondere Auswahl eines einzelnen Tieres.

Während sich alle befruchteten Eier von den Hennen gleichermaßen eigneten, galt es für ein Einzeltier immer als Auszeichnung zu brüten und anschließend die Küken fürs Leben vorzubereiten; das erreichte Paula als sie 1 Jahr alt und einer neuen Hühnergruppe mit einem ebenso schönen Hahn, wie ihr Vater, zugeteilt worden war. Innzucht sollte es in einer anerkannten Hühnerzucht nicht geben. Sie war die strammste in ihrer Abteilung, in ihrem gesamten Verhalten ruhig und zuverlässig. Ich hatte hierfür schon einen Blick; ob aber die Namensgebung auch damit zusammenhing blieb im Dunklen. Es wohnte in der Nachbarschaft eine Mutter, die 9 Kinder großgezogen hatte, Paula hieß und der das nationalsozialistische Regime sogar das Goldene Mutterkreuz verliehen hatte.

In jener Zeit spürte man auf dem Lande, abgesehen von Meldungen über gefallene Soldaten, wenig vom Krieg. Freilich gab es auch hier die Lebensmittelrationierung und ähnliche Einschränkungen. Hin und wieder flogen große amerikanische oder englische Bomberverbände mit einem eigenartigen Gebrumm hoch am Himmel über die Gegend hinweg. Dieser Lärm, der manchmal die Luft vibrieren ließ, störte Paula, die auf 12 Eiern saß; aber ihre Aufgabe vernachlässigte sie deshalb nicht. Zweimal am Tag nahm ich Paula vorsichtig kurzzeitig vom Brutnest, damit sie trinken, fressen und sich entleeren konnte. Auf die Bruteier setzte sie sich immer sehr vorsichtig und war stets darauf bedacht alle gleichmäßig warm zu halten.

Wahrscheinlich merkte ich in diesen 21 Tagen Brutzeit, dass Paula sehr zuverlässig und ein besonders kluges Tier war. Ich wählte sie deshalb für ein Experiment aus, das ich mit Genehmigung meiner Mutter, die mich in allem sehr unterstützte, durchführen durfte.

In dieser Zeit setzte sich bei fortschrittlichen Landwirten die Meinung durch: Legehennen dürfen nicht älter als 2 - 3 Jahre werden, weil sie dann weniger Eier legen. So wollte ich gern wissen wie sich das wirklich verhält, denn in einer populärwissenschaftlichen Veröffentlichung hatte ich außerdem gelesen, dass Hühner weitaus älter werden können. Diese Gedanken bescherten Paula ein längeres Leben, als es sonst für ihre Artgenossen üblich war. Sie genoss fortan zahlreiche, wenn auch manchmal zweifelhafte und einschränkende Privilegien: Bewegungsfreiheit im gesamten Gehöft, bis in den Wohnbereich, außer der guten Stube, uneingeschränkte Nahrungsaufnahme von allem was ihr schmeckte und dessen sie habhaft werden konnte. Vom übrigen Hühnerbestand war sie allerdings ausgesperrt, weil in ihrem kleinen separaten Stall mit Eiernest die Leistungskontrolle erfolgte. Freilich blieb ihr auch damit verwehrt, weiterhin mit den Hähnen in Kontakt zu bleiben. Der reinrassige Gockel vom Zuchtstamm der „Schwarzen Italiener", den sie als Junghenne kennen gelernt hatte, interessierte sie ohnehin nicht mehr, der war zu stolz. Überhaupt war diese ganze Abteilung von der übrigen Hühnerhaltung, in der es keine Rassereinheit mehr gab, abgeschirmt. Im allgemeinen Hühnerhof tummelten sich unter anderem leichte „Weiße Leghorn", von denen viele Eier erwartet wurden und schwere „Rhodeländer", die viel Fleisch lieferten. Es hieß außerdem, in dieser allgemeinen Haltung seien die Hähne nicht für die Vermehrung sondern nur zum Vergnügen, Schutz und zur Aufmunterung der Hennen da. Wichtig war allerdings, dass pro Bestand entweder ein oder drei Hähne zugeteilt wurden, zwei kämpften immer miteinander, manchmal sogar bis zum bitteren Ende eines Unterlegenen.

Paula war nicht bei allen Bewohnern des Anwesens beliebt und Ziegen sahen es nicht gern, wenn sie auf deren Futter herumstolzierte. Sie hinterließ überall ihre Häufchen, sie war absolut nicht zu erziehen, sie erledigte dieses Geschäft wo sie gerade ging oder stand. Nur den Schweinen machte es nichts aus, wenn sie auf deren Futtertrögen herumturnte; die fraßen wahrscheinlich sogar das mit, was sie hinterließ. Sehr schnell lernte sie, dass einige Orte zu meiden waren, insbesondere die Nähe des getüterten Schafbocks und des Fressnapfes der Katzen; Sehr freundlich gingen die Kinder mit ihr um, nur wenn fremde Leute den Hof oder Garten betraten, flatterte sie davon, sie wusste Freund und Feind nicht zu unterscheiden. Sieben Jahre lang, da war sie nun schon 9 Jahre alt, kontrollierte ich die Anzahl der von ihr gelegten Eier, ich beurteilte außerdem ihr Aussehen und ihre Vitalität.

Ich schrieb das Ergebnis auf, das kurz gefasst folgendes ergab: Im 3. Lebensjahr legte sie 120 Eier und das nahm fast kontinuierlich ab, so dass es jetzt nur noch 12 Stück waren. Ihr Aussehen war auch nicht mehr das Beste, sie hatte Federausfall und manch kahle Stelle am Körper. Das Scharren im Garten und auf dem Mist, das ihr früher so viel Spaß gemacht hatte, denn dort gab es zahlreiche Würmer, fiel ihr nun insgesamt recht schwer. Paula fühlte sich alt; ich war 20 Jahre alt geworden und ging nun zum Studium, ich fand niemand, der mein Experiment fortführen wollte. Trotzdem wehrte man sich dagegen, dass sie in den Kochtopf landen sollte, wie der Großvater forderte. Er war ein Bauer der betonte, dass es keine Ausnahme für die Bestimmung der schlachtbaren Haustiere geben dürfe, alle müssten der Ernährung zugeführt werden.

Sonst bestimmende Autorität, konnte er sich im Falle der Verwertung Paulas nicht durchsetzen, sie lebte recht und schlecht weiter in ihrer vertrauten Umgebung bis die gesellschaftliche Entwicklung eine ungewollte Lösung herbeiführte. 17 Jahr alt war die Henne, als 1960 überall LPG entstanden. Sie gehörte nun zwar zur individuellen Tierhaltung aber auf dem Gehöft war es mit der Ruhe und dem gewohnten Umfeld vorbei.

Paula war eines Tages verschwunden – sie wurde nicht gefunden, ihr Ende konnte trotz eifrigen Bemühens nicht aufgeklärt werden. Ebenfalls unbeantwortet bleibt damit die bei diesem Experiment gestellte Frage: Wie alt können Hühner werden, bevor sie eines natürlichen Todes sterben? Bekannte Tierphysiologen gaben aber schon vor vielen Jahren die Antwort, danach kann ein Huhn durchschnittlich 20 Jahre alt werden. Paula hätte aber wahrscheinlich einen Altersrekord aufstellen können, wenn sie nicht in den Strudel der politischen Verhältnisse gekommen wäre

Das Kalb Elfriede

Meine Onkel erzählte mir eine Geschichte über ein Kalb, an die ich lange Zeit nicht gedacht hatte. Bei der Beschäftigung mit meinen Kindheitserlebnissen erinnerte ich mich und weil sie so interessant ist, will ich sie hier nacherzählen, mein Onkel berichtete:

"Meine Erziehung erfolgte nach den Auffassungen jener Zeit ohne Aufklärung zu den geschlechtlichen Unterschieden von Mann und Frau, den Geburten und allem was mit dem Sexualleben zusammen hing. Bei allen Gesprächen über diese Fragen wurden wir Kinder ausgeschlossen, diese Heimlichtuerei machte uns aber um so neugieriger. Nur mein Großvater war etwas fortschrittlicher und erläuterte mir auch, dass es bei der Fortpflanzung und Geburt einige Gemeinsamkeiten zwischen den Säugetieren und den Menschen gibt. Dass ich bei einer Geburt eines Kalbes dabei sein durfte beeindruckte mich derart stark, dass daraus eine Kette schöner Erinnerungen erwuchs.
Es war um Mitternacht als ich geweckt wurde und erfuhr, bei einer Kuh beginnt die Geburt. Prima, ohne waschen und Zähneputzen, nur die so genannte Stromerkleidung schnell übergestreift, rannte ich zum Stall, wo das Tier auf einem frischen, weichen Strohpolster lag. Der Großvater winkte mich herbei und sagte: „Ich habe schon einmal nachgefühlt und glaube das Kalb liegt falsch im Mutterleib, das wird eine

Schwergeburt; dazu müssen wir den Tierarzt holen."
Er behielt Recht, es dauerte gar nicht lange bis der
Arzt erschien, dieser wollte das sich quälende Tier
nicht zum Aufstehen zwingen und kniete sich hinter
die Kuh. Er untersuchte, warum das Kleine nicht von
allein herauskam. Ich war richtig stolz, dass er mir,
einem Kind, erläuterte: „Ich greife in den Geburtsweg
und kann an der Gebärmutter die Lage des Fötus, so
nennt man das Lebewesen im Mutterleib, fühlen.
Normalerweise müssen Vorderfüsse und Kopf voran
herauskommen aber in diesem Falle liegt das Hinter-
teil am Ausgang, wir müssen also das Kalb in dieser
etwas schwierigeren Lage herausziehen." Inzwischen
waren trotz der nächtlichen Stunde Nachbarn zum Zu-
schauen gekommen, eine tierärztliche Geburtshilfe
bedeutete in jener Zeit eine Sensation. Der Arzt
verstand es aber, vielen eine Tätigkeit zu zuweisen. Er
befestige Stricke an den Hinterbeinen des Fötus, die
ganz wenig von allein aus der Gebärmutter herauska-
men; anschließend beauftragte er die dabei stehenden
Männer, auf seine Befehle hin daran kräftig zu ziehen.
Der Tierarzt dirigierte alles immer so, dass das Mut-
tertier möglichst wenige Schmerzen erleiden musste.
Nach einiger Zeit kam das weibliche Kalb unversehrt
heraus, wurde fachmännisch behandelt und gab sehr
schnell erste Laute von sich. Die Mutterkuh schien
sehr froh zu sein, als ihr das mit trockenem, sauberem
Stroh abgerieben Kleine neben ihren Kopf gelegt
wurde. Sie leckte es ab und das Neugeborene hatte

sogar die Kraft recht bald aufzustehen. Ich durfte dem Neugeborenen einen Namen geben. Mir kam sofort Elfriede in den Sinn, so hieß auch das Mädchen, das mit in meine Klasse ging und mir ganz gut gefiel.

Ich konnte verständlicher Weise mein Erlebnis nicht für mich behalten und mit großer Begeisterung erzählte ich gleich am nächsten Tag meinen Schulkameraden von der miterlebten Schwergeburt eines Kalbes; in der Runde stand auch meine kleine Freundin Elfriede. Als sie hörte, dass ich dem Kalb ihren Namen gegeben hatte, rannte sie davon und rief: „Ich bin doch kein Kalb, mit dir will ich nichts mehr zu tun haben, unsere Freundschaft ist aus."

Das war für mich ein richtiger Schlag ins Gesicht und ich erwiderte laut: „Ich wollte dir doch eine Freude machen, aber dann eben nicht und ich werde dir das Kalb auch nie zeigen."

Das Mädchen schmollte etwa 8 Tage, da hörte es, wie ich 2 Schulfreunden ankündigte, dass wir gemeinsam zum Kalb in den Stall gehen und ich ihnen zeigen will, wie dieses mich schon kennt und sich von mir dressieren lässt. Es müsste aber ein Zeitpunkt gewählt werden, an dem man das heimlich unbemerkt von Erwachsenen tun könnte. Es war streng verboten, dass Fremde in den Stall gehen, weil im Nachbardorf die gefährliche Rinderseuche MKS (Maul- und Klauenseuche) ausgebrochen war. Elfriede konnte nun ihre Neugier nicht mehr zähmen, zumal hier ein heimliches Vorhaben wartete. Sie suchte wieder meine Nähe und wagte zu fragen, ob sie das Kalb auch mit besuchen darf, es würde schließlich sogar ihren Namen tragen. Sie hatte inzwischen auch gehört, dass es mehrere Rinder mit den Namen Elfriede gibt und ihr Vater hat gesagt, dieser Vorname bei Rindern ist gar keine Beleidigung für Menschen.

Das Getreide, das im Spätsommer eingefahren wurde, war in den Scheunen gestapelt und musste dann im Winter mit einer großen eingebauten Maschine gedroschen werden. An diesen „Dreschtagen" war meist die gesamte Familie mit beschäftigt und damit ein günstiger Zeitpunkt, heimlich das Kalb zu besuchen. Die Gelegenheit nutzend begaben wir 3 Jungen und das Mädchen uns in den Stall. Das Kälbchen lag in einem abgetrennten kleinen Stallabteil auf sauberem, trockenem Stroh. Ich ging voraus und als ich dem Tier näher kam sprang es gleich hoch, womit ich stolz zeigen konnte, dass es mich kannte. Mich hatten dabei wohl alle guten Geister verlassen, ich schlug die strengen Mahnungen, nur bei Anwesenheit von Erwachsenen das Kalb heraus zu lassen, in den Wind. Prahlerisch öffnete ich die Tür, das Kalb Elfriede kam sofort heraus und vollführte außerhalb der Box große, regelrechte Freudensprünge. Ein Junge, der zu nahe stand und nach Elfriede fassen wollte, wurde umgerissen und fiel unglücklich mit dem Kopf auf eine Mauerkante. Das Kalb rannte gleich weiter zu seiner Mutter und es begann am Euter zu trinken. Uns fehlte die Kraft, es zurück in seinen Stall zu bringen und der verletzte Junge jammerte sehr. Es gab keine andere Wahl, wir mussten einen Erwachsenen zu Hilfe holen.

Nur mit großer Mühe und lautstark konnte ich an der geräuschvollen Dreschmaschine meinem Großvater das Missgeschick beichten. Dieser stoppte sofort die Arbeiten und rannte mit in den Stall. Elfriede war von dem kräftigen Mann schnell in ihre Box verbracht; anschließend wurden die Verletzungen des verunglückten Jungen begutachtet. Die Kopfwunde blutete sehr, aber er konnte noch selbst ohne Hilfe mit in die Arztpraxis in der Nachbarschaft gehen. Zum Glück war der Doktor zu hause und übernahm die weitere fachgerechte Behandlung. Erfreulicher Weise kam der Junge mit einer Platzwunde davon. Ich bekam 4 Tage Stubenarrest. Aber die Freundschaft mit dem Mädchen Elfriede blieb und sie wurde später sogar meine Frau, deine Tante."